夸夸其谈的人

李浩

著

四川人民出版社

图书在版编目（CIP）数据

夸夸其谈的人 / 李浩著. —— 成都：四川人民出版社，2025.1. —— ISBN 978－7－220－13962－8

Ⅰ. I247.7

中国国家版本馆 CIP 数据核字第 2024TW8810 号

KUAKUAQITAN DE REN

夸夸其谈的人

李　浩　著

责任编辑	王　雪
责任校对	申婷婷
封面设计	张　科
内文设计	张迪茗
责任印制	祝　健

出版发行	四川人民出版社（成都三色路 238 号）
网　址	http://www.scpph.com
E-mail	scrmcbs@sina.com
新浪微博	@四川人民出版社
微信公众号	四川人民出版社
发行部业务电话	(028) 86361653　86361656
防盗版举报电话	(028) 86361653
照　排	四川胜翔数码印务设计有限公司
印　刷	成都国图广告印务有限公司
成品尺寸	143mm×210mm
印　张	7.25
字　数	120 千
版　次	2025 年 1 月第 1 版
印　次	2025 年 1 月第 1 次印刷
书　号	ISBN 978－7－220－13962－8
定　价	48.00 元

夸夸其谈的人

目　录
CONTENTS

等待莫根斯坦恩的遗产

一

钟声响过了八下。那些黑衣的乌鸦还在教堂的塔楼上盘旋，它们的鸣叫有很强的穿透力，整个艾蓬①都能听得见。从多罗特娅·马克西太太的角度，从她窄小的窗口的那个角度，粗铁匠鲁施正拖着患有风湿的右腿，一窜一窜地爬上教堂的塔楼。他矮粗的身子已经一点点冒出来，站到乌鸦的中间去了。

现在，粗铁匠鲁施坐在塔楼上，透过乌鸦们起起落落的翅膀，向远处眺望。风比想象中的凉，比刚才，在女厨娘阿格娜斯那里喝那碗鹅杂碎汤的时候凉多了。她显得那么柔弱，一副充满忧伤的模样，"快来了吧。应当

---

① 艾蓬：德国村镇，位于艾尔茨山脚下。

快来了吧。"鲁施忘了刚才是怎么回答她的，是说遥遥无期还是马上就会到来，谁知道呢，反正这两种回答在这一年多的时间里他反复说过，说得他自己哪一种也不敢相信了。

当然，女厨娘也只是随口问问，她马上又回到鹅翅、鹅心、萝卜和兰芹菜籽的中间去了，鲁施觉得，这些活儿和她柔弱的样子很不相称。"都等了那么久了，可怜的费贝尔都等进坟墓里去了。"

风比想象中的凉，比刚才，在女厨娘阿格娜斯那里喝那碗鹅杂碎汤的时候要凉，鲁施挥了挥手，驱赶开那些影响到他视线的翅膀，向远处眺望。通向艾蓬村的小路空旷地延伸着。一直延伸到两个土丘的中间，延伸到无精打采的山毛榉树那里，延伸到一个拐弯，被灰蒙空气埋掉的那里，它缺少行人，缺少生气，空空荡荡。

风中，那股鹅心和兰芹菜籽的气味渐渐淡了下去，乌鸦们起起落落，它们并不惧怕庞大的鲁施，它们早已习惯早已熟悉这个沉默寡言的人了，它们甚至敢在鲁施堆放在塔楼角落里的白纸上拉屎。粗铁匠鲁施，伸出他布满层层叠叠裂痕的右手，抽出一张白纸，抖掉上面的鸟粪：

关于维修通向塔楼梯子的申请。

他写得非常用力。一丝不苟。

二

站在窗口，多罗特娅·马克西太太望了望教堂的塔楼和它的尖顶，望了望那些黑漆漆的乌鸦，她抱怨，这些或许是来自于地狱的鸟，把艾蓬的整个天气都扰乱了，艾蓬的天空从来没有像现在这样浑浊过，从来没有。天知道它们还干了些什么见不得人的勾当。"愿仁慈的上帝能够惩罚它们。狠狠地惩罚！至少，让炼狱的火把它们烧得更黑！"她说，"我的上帝，这群乌鸦就在您的教堂顶上。你可不能什么事都不做！"

"你这样说上帝是要遭到责罚的。"马克西先生长长地伸着他的脚趾，他的整张脸被一张哗哗作响的报纸给挡住了。

"我早就受到责罚了！"多罗特娅·马克西太太叹了口积压的怨气，"嫁给你这个好吃懒做的人就是上帝的责罚！难道你没有一点事做，除了翻那些废话连篇的报纸？我的上帝！这样下去我会崩溃的！"

那张报纸更加哗哗作响。"等莫根斯坦恩的遗产①一到。"马克西先生小声地说。

"天啊，莫根斯坦恩的遗产！"多罗特娅·马克西太太踢踢踏踏地走向门边，她看见，绿制服的送信人维克托·韦卢恩骑着那辆绿色的旧单车，一纵一纵地来了。这个蓄着八字胡须的年轻人，他的腿部很有力气。

"还有没有别的？"多罗特娅接过维克托·韦卢恩递上的报纸。维克托用手擦了擦额上的汗珠儿，"没有了，太太。也没有关于莫根斯坦恩的任何消息。"他张开嘴，冲着向他走近的马克西先生打了个招呼。

马克西倚在门侧，他皱了皱眉，因为他闻到了一股干草和动物尸体混合散发出的霉味儿，至少和那样的气味类似，"有没有弗兰肯贝格②那边的消息？"

"没有，先生。那边的工厂都倒闭了，生意萧条。业主们跑了，只剩下空荡荡的厂房。"

① 第一次世界大战之后，处于经济极度贫困的德国艾尔茨山人得到消息，说一个叫莫根斯坦恩的德裔美国百万富翁，在临终前立下遗嘱，将自己的全部财产运回故乡艾蓬。
② 弗兰肯贝格是德国的工业城镇，在一战后一度萧条。

马克西低着头，他仔细寻找这股气味的来源，它好像淡了些，却更加无处不在。唉，原也没指望什么。

"等莫根斯坦恩的遗产一到，"绿衣服的维克托·韦卢恩胡子的角上带出一些笑容，"一切都会好起来的，会的。"他耸了耸肩，他肩头那里爬着一只他没有发觉的白蚁。那只白蚁飞快地爬向他的背后，使他更不易察觉它的存在。

"莫根斯坦恩的遗产只会使艾尔茨山的居民更加懒惰！"多罗特娅·马克西太太望着教堂塔楼的方向，"我们现在，可是靠着莫根斯坦恩的遗产活着了。"

"是的。"

维克托按了按单车的铃铛，它生锈了，因而铃声短促、沙哑，像含满了铁屑的末儿，他冲着马克西先生挥了下手，马克西仍然在寻找气味的来源，它们那么坚固，却躲藏得很好——"你在找什么？"多罗特娅·马克西太太推了推马克西的肩膀，"维克托和你打招呼呢，他要送信去了。"等马克西抬起头，绿色的维克托·韦卢恩已经飘远了，他的腿是那么有力。

"一种气味。"马克西皱了皱眉，"费贝尔死去的时候，他的尸体上就有这样的一股气味。不会错的！"

"也许是乌鸦的气味！它们偷走了黑面包和香肠，还偷走了我的一条纱巾！应当找黑格牧师谈谈。我的上帝，你可不能一点儿事都不做！"

"你这样说是会受到上帝的责罚的，"马克西的头更低了："那些事，也许是老鼠们做的。老鼠们干得出来。符兰卡和那些党员、警察也干得出来。"

"你这样说，才会受到责罚呢！"

三

向上的楼梯一步步下降：粗铁匠鲁施从塔楼上走下来，先是他的旧胶鞋，粗大的腿，屁股，然后是上身。"我总是不能马上适应教堂内的光线。从上面下来，我感觉四周黑乎乎的，得过好长一段时间才缓过来。"他对黑格牧师说。一个背影在教堂的门口闪了一下。

"那是因为，你的心被魔鬼占据了。它对你施了魔法。"

"得了吧。谁都是一样。"

"不一样。只有被罪恶迷住了眼睛的人才会。你眼前的黑暗是魔鬼蒙上的，它想借此动摇你对上帝的信仰。只有坚定对主的信仰，才能使你得救……"

鲁施捶了捶自己的右腿，"我说不过你，牧师。也许你是对的。"他将写好的申请放在桌子上，自己则站在左耳堂左侧的祭坛前，盯着受难的基督。"我早就不信你的主了。要我信他，他就得在这个时候显现一下神迹。"

黑格牧师神情严肃地看了鲁施两眼，阴郁的过堂风让他的身体发紧，甚至还打了个冷战。

"你这样说，这样说……"

"雨季就要来了。"鲁施说，他绕开刚才的话题，"雨季一来，情况会更糟的。"

两个人都不再说话。牧师默默搜寻着《圣经》中有关雨季的全部章节，他的嘴唇一张一合，喃喃自语，仿佛在和魔鬼进行着较量，而这个阴沉的时刻，粗铁匠鲁施则有些昏昏欲睡，"今天，运送遗产的马车肯定来不了了。"

因为刚刚提到了雨季的缘故，黑格牧师感觉自己的骨头也渗入了雨季的潮气，那股潮气在使他的精神涣散，"要坚信主。谁也不能夺走对我主基督的信仰。"牧师指了指鲁施放在桌子上的纸，"你已经用坏我四支鹅毛笔了。你应当学着少用些力气。"

"会好起来的，牧师。等莫根斯坦恩的遗产一到，我马上还你一百支笔。看在上帝和基督的份上。"

"你总给符兰卡村长写信，提出你的申请，收到什么效果了没有？"

"这是程序，牧师，符兰卡村长喜欢程序，如果我不写申请，就连任何答复也得不到。"

"那，你得到了什么样的答复？"

"当然还是那些，牧师，你猜得出来。等莫根斯坦恩的遗产从美国运来，教堂塔楼的楼梯马上就会得到维修。等等，等等。莫根斯坦恩的遗产运来了，我也就不用天天爬这该死的楼梯了，修与不修楼梯和您有关系，但就没有粗铁匠鲁施什么事了。"

"你可以自己先修一下。这样天天爬上爬下，是比较危险。"

"我做不好木匠活儿，只会越弄越糟。况且，上天堂的路是向上的，仁慈的上帝不会让我在半路上掉下来的。"

"不敬主的人会遭到惩罚，"黑格牧师缩了缩他的脖子，他再次感觉到过堂风的存在，"刚才，多罗特娅·马克西太太来过了。"

"她啊，"鲁施首先想到了多罗特娅肥大的绿裙子，"她不是来求上帝，收回她嘴里多生的舌头的吧？"

"我看，你的舌头也生多了。"黑格盯着鲁施的脸，"似乎，你从来没说过这么多话。"顿了顿，牧师用一块手帕擦了擦圣杯，"她要求教堂将乌鸦驱走，她说由于这些乌鸦落在塔楼上，不祥的气息阻止了莫根斯坦恩遗产的到来。"

"这不奇怪，多罗特娅的母亲就讨厌乌鸦，她认定乌鸦是溺死的黑猫变的，它们是魔鬼的伙伴。多罗特娅的母亲也总爱搬弄是非。她们更应当和乌鸦住在一起。"

四

"听说你又给村长递过申请了，"阿格娜斯继续削她的土豆皮，她习惯给寻常的土豆变花样，不断地使用黄瓜片、洋葱、兰芹菜籽、莳萝、香菜，加进土豆汤里，变化出不同的口味。在做这些的时候，阿格娜斯的眼角下垂，就在那里，她显现出一丝忧伤的痕迹。

"只是打发时间。"鲁施斜靠在那里，略略地抬起右腿，"黑格牧师叫我时时感念基督。可对我来说，想基督用不了那么多的时间。"他的目光掠过阿格娜斯的身体，"娅特维佳呢？我有好多天没有看见她了。你的女儿很可爱。"

阿格娜斯停下了手上的动作，她的手上沾染了土豆和洋葱的气味。在粗铁匠鲁施看来，忧伤的痕迹从她的眼角扩大到额头，并覆盖了几乎半张脸："她应当在面橱里。那里已经空了，娅特维佳就躲到那里去了。她害怕见所有的人，自从她父亲被抓走之后。"

"可怜的孩子。"鲁施喝了一口土豆汤，里面有一股辛辣的气味，"我想带她去教堂的塔楼上玩，坏事情会过去的。"

"那就带她去吧，但愿耶稣和黑格牧师不会让她恐惧。"阿格娜斯转过身，打开虚掩着的面橱。

然而，娅特维佳并不在里面，那个小面橱被面粉的霉味和几只蛾子占据着，被一个小布娃娃占据着，娅特维佳并不在里面。"她不会走远的，"阿格娜斯甩掉粘在手上的一块土豆皮，"她肯定又躲起来了，她害怕见任何人，她父亲被抓走的那天把她给吓坏了。"

"那个八月①之后我们都遭遇了什么？那些给我们制造灾难的人从来都不认真地忏悔。"鲁施喝下第三口土豆汤，"我到外面找找看，也许她走到了街上，所有孩子的脾气都难以捉摸，特别是女孩子。"粗铁匠鲁施将一顶沾染了油渍的帽子扣到头上，"等莫根斯坦恩的遗产一到，情况也许会好起来的。"

"等一下，"阿格娜斯咬了一下自己的嘴唇，她看着鲁施，"娅特维佳也许去劳布沙德的店里了。这个孩子，她父亲没被抓走之前，她就常去劳布沙德那里，看他修理旧钟表。"

"这倒是个不错的嗜好，我马上就去那里。"

走出门口，鲁施很快又返了回来，他矮胖的身子挡住了许多光线。他压低了声音："听说不安分的童子军们正在密谋，他们竟然怀疑，莫根斯坦恩的遗产是否真的有那么多，是否真的存在！他们，昨天晚上偷偷在莫根斯坦恩广场粉刷了标语，用红色和绿色的漆！刚才，村长正在广场上处理那事呢。"

---

① 指一九一四年八月，第一次世界大战爆发。

五

　　阿格娜斯和犹太人西吉斯蒙德·马库斯的女儿，那个八岁的瘦小的小人儿，那个遗传了母亲的忧伤和父亲的脆弱的小人儿，她确实是在劳布沙德的钟表店里，在一个角落，铁锈和黄油以及更为复杂的气味中间，昏暗的中间，走着的钟表和不走的钟表，一大堆大大小小的零件中间，像一块木雕。她小心地呼吸着，和劳布沙德，和那些旧钟表保持着一种遥远的亲近关系。

　　"娅特维佳，和我去教堂好么？在塔楼上，你可以看见整个艾蓬！"

　　"娅特维佳，把你的手指放下来，别总是吸吮自己的手指！"戴着眼镜的劳布沙德没有抬头，他正在把一个细小的零件装进表里，但是那块表里的时间依然是静止的，劳布沙德只好用他黄褐色的手，满是油渍和铁锈的手重新将表拆开。零件越来越多。

　　"娅特维佳，跟我走吧，我已征得了你母亲的同意。你知道，塔楼上有许许多多的乌鸦。你可以和它们靠得很近，你可以看清它们的小眼珠儿！它们一定会惊讶，塔楼上怎么多出一位漂亮的小姑娘？"

"别总是吸吮自己的手指，娅特维佳，这可不是一个好习惯。"劳布沙德用眼镜后的光看了鲁施一眼，"你不用勉强她了，粗铁匠，"劳布沙德的手上用了些力气，"整个艾蓬村，整个艾尔茨人的居民都等着你把莫根斯坦恩的遗产招来呢。"

"你用不着这样跟我说话，"鲁施拿起一个钟表的壳，晃动了三下，"可怜的费贝尔，他的肠子就是被肚子里的怨气给坠断的。"

"他是被你们的政党喂下了毒药！"

"……"

钟表匠劳布沙德，他向外探了探他的长脖子，和绿制服的维克托·韦卢恩打了个招呼，"绿信使，你今天服务于天使还是服务于魔鬼？维克托带给艾蓬的是怎样的消息？"

"我只服务于信件，劳布沙德，天使和魔鬼都跟我缺少联系。怎么样，你的生意还不错？"

粗铁匠鲁施从侧面挤了过来，但劳布沙德没有理会，"可恶的战争之后，连阳光都变得萧条起来了，"劳布沙德说，"再这样下去，我就得给我的钟表店打造一块丧钟。"

粗铁匠鲁施从侧面挤过来，他矮粗的身体夹在劳布沙德和维克托之间，"不要诽谤我们的政党。它是有力量的，它可做了不少好事，劳布沙德。"

"他，他是什么意思？"维克托·韦卢恩望着鲁施摇摇晃晃的背影。

"他的风湿病又犯了，应当是这样。他应当多喝杜松子酒，那对他是有好处的。"

"对了，我看见市里那个银行借贷员来过了。看他魂不守舍的样子，就能猜到，他在符兰卡村长那里碰到了钉子！"

"把钱借给符兰卡，他的眼睛一定早就瞎了。我不知道建这个广场会有什么用处，还建得那么豪华。"

维克托·韦卢恩按了按单车上的铃铛，"荣耀归于在天之主①，"他冲着劳布沙德笑了笑，他的笑容也是绿色的，"等莫根斯坦恩的遗产一到，广场就会派上用场，当然，集会，演讲，用处可多呢。几年之后，广场上也许

① 弥撒经文。

会塑起符兰卡挺着肚子的雕像——捕捉鸽子和乌鸦的工作要抓紧了。这些不懂事的鸟会忍不住往它的头上拉屎。"维克托·韦卢恩一路咯咯咯咯地笑起来。

重新坐回到椅子上，劳布沙德看了看木头一样的小人儿，"娅特维佳，不要总吸吮自己的手指。"他说。旧零件们散落在桌子上，它们看上去不像是聚会在钟表之内的那些，钟表匠将其中的一个拿了起来，那些熟悉的零件突然让他感到陌生。"娅特维佳……我想说什么来着？"

六

把挡在眼前的黑翅膀赶走，鲁施便可以清楚地看到莫根斯坦恩广场上发生的一切，那天下午的莫根斯坦恩广场像一块磁石。那里聚集了许许多多的人，竖起的旗杆上还飘着彩带，从鲁施的角度望去，那里仿佛没有沾染丝毫的战后的萧条，艾蓬的乃至整个德国的萧条。下午的莫根斯坦恩广场人头攒动，风把铜管乐队的声音忽大忽小地送进鲁施的耳朵，他相信，风也把声音送到了乌鸦们的耳朵。

通向艾蓬村的道路白茫茫的，那天阳光充分得没有一丝的水分。路上闪过一个人影，很快就消失了，他应当去了另外的方向，也完全不像运送大批遗产的样子。下午的莫根斯坦恩广场像一块磁石，它吸引着鲁施的眼睛和脖子。那里人头攒动，人声喧杂，"天佑汝，头戴胜利花冠"①，或者是巨人山脉的吕贝察尔山神的游荡，穿制服的人已经站好，少年鼓手们敲着崭新的鼓——这也是用莫根斯坦恩即将到来的遗产做抵押，从银行里贷款购买的。

"我猜你就在这儿，"通向塔楼的梯子上冒出一个秃顶，它一步一步地向上冒着，已经被葡萄酒的酒精烧红了，"鲁施，你和乌鸦们在一起待得太久了。让我看看，看看你身上的黑羽毛。"

"我也知道是你，马克西！你要把梯子踩坏了！"

"那有什么好担心？通向人间和地狱的路没有了，我们只好上天堂了。我喜欢唯一的路径，我可不喜欢什么选择！"

① 为旧普鲁士国歌歌词。后面"巨人山脉山神游荡"一段为德国民谣。

广场上人头攒动，风把那里的声音忽强忽弱地送过来，人声喧杂，浑浊，混乱，鼓声已经停止了。

"啊，集合！啊，符兰卡的演讲！啊，激动人心！啊，麻木！"马克西醉了，像蚯蚓一样扭动着身子，"好戏马上就要上演了。鲁施，在弗兰肯贝格，我们看过不少好戏！哈哈，骚女人的屁股，但泽利口酒①，漂泊的荷兰人，哈哈，那些欠揍的水手，他们的头上开花，屁滚尿流！"

晃动的酒洒在了马克西的灰领子上，洒在了他空荡荡的胸前，那里曾经也佩戴过党徽。同时也洒在鲁施写了两行字的纸上。"酒鬼应当出现在妓女的床上而不是教堂。"鲁施抓过马克西的酒瓶，"你喝多少酒，上帝也许会取走你多少血。"

"我们早就不信仰他了，是不是？他没有拯救战争也没有拯救德国！"

"和你的多罗特娅睡在一起，你的嘴里也生出了多余的舌头。"鲁施望着广场的方向，风裹来了细小的石头和灰尘，它们夹在忽大忽小的声音之间，一个人走上为

—————

① 产于德国但泽的一种含金箔的露酒，又称为"金水酒"。

演讲而搭建的台子，不，他后面跟着两个人，后面的人面容有些模糊。走上台来的那个人不是符兰卡，从他的姿势和动作上可以看得出来——鲁施伸了伸自己的脖子，他想看清那个人究竟是谁。

"鲁施，"被酒气泡软的马克西召唤着鲁施，"你过来，我们喝酒。我讨厌集合，任何的，集会只能让我的身体变脏，让我的耳朵生出新茧子！"

"要不是被党开除了，我相信你比谁都更喜欢集会！"鲁施盯着莫根斯坦恩广场的方向，"今天并不是符兰卡演讲，我看不清他是谁。"

"符兰卡，老一套，热爱德国，重建我们的伟大帝国，爱国者莫根斯坦恩，他忘不了自己出生在德国！"被酒气泡软的马克西挥动他的手臂，他像一摊会动的泥，"啊，德国的重建！艾蓬即将到来的美好生活！我们创造历史！ ① 充满了光的未来！"泡软的马克西冲着鲁施，"无非是这些。我说的，对不对？"

"今天演讲的不是符兰卡，而是另一个人，哦，他也许是那个舍恩黑尔，在制桶匠的店里出生了半个头的

---

① 此处借用的是希特勒的话，他声称纳粹上台将"创造历史"。

那小子！"鲁施显得有些冷淡，一小撮沙子迷住了他的眼睛，可并没影响他向莫根斯坦恩广场的观看，"看上去像，就是舍恩黑尔，他替代了符兰卡的位置。"

"老一套，是不是？符兰卡嘴里的金牙应当敲掉。人民应当做这事儿，为了德国的重建。莫根斯坦恩，那个纵火犯的孙子，胆小鬼库尔比拉的儿子，竟然成了百万富翁！黑乌鸦们，要不你们也喝一口？我知道，要有信有望有爱①。我爱你们的黑嘴唇！我爱人类的灾难！"

"马克西，你是不配留在党内。"鲁施说，"要不是看在弗兰肯贝格那些日子的份上。你干吗喝这么多酒！"

"为了坚信，鲁施。酒能让我坚信。"

广场的南边发生了骚乱，他们扔出一些什么样的东西，从鲁施的方向无法看得清楚。骚乱很快停止了，有几个年轻人被带出了广场，他们消失在一栋房子的背后，那里曾是费贝尔的房子，在他死后便换了主人。但那里依然堆满了木帆船、不倒翁、拉提琴的猴子和铁皮鼓。天主教徒费贝尔是一个玩具商，然而他却总是出奇的严肃，和冷清的生意极为相似。演讲仍在继续，舍恩

① 有信有望有爱：见《圣经·新约·哥林多前书》第十三章。

黑尔没有受到骚乱的影响，就像它没发生过，然而那些年轻人毕竟离开了广场，甚至可能发生了流血，"好斗的小公鸡们总要掉一茬羽毛"①。鲁施喃喃自语。

在他背后，仿佛有一把木锯开始在锯木头，仿佛想要将教堂的塔楼拆毁：醉醺醺的马克西，秃顶的马克西睡着了，他的鼾声使整个塔楼都发生了动荡。风吹来的声音，广场上的声音，都被马克西的鼾声吸纳了进去，变得更加浑浊。

七

"主会按照你们各人所行的审判你们，"② 牧师黑格皱紧了眉头，"你们应当畏惧，竟然醉成这个样子。竟然，在教堂的塔楼上！"

"愿主怜悯我们，"鲁施说，"他已经受到惩罚了，至少，主收走了他的头发，还安排他和一个长舌妇睡在一起。他受到的惩罚已经够多了。"

---

① 为德国民谚。
② 见《圣经·旧约·以西结书》。

牧师的身体有些颤抖。斜挎在鲁施肩上的秃头马克西像西吉斯蒙德·马库斯家装满土豆的麻袋，他凭借自己的重量下沉，下沉，仿佛要睡到教堂凉凉的方砖地上才安心。外面的阳光充沛得让人目眩，可过堂风却依旧很凉，仿若撒旦的气息，它吹入了牧师黑格的脖领。

"我想有必要找符兰卡村长谈一谈，鲁施，也许你不适合充当莫根斯坦恩遗产进村的口望员，"牧师在胸前画了一个十字，"看你都在教堂里做了些什么！"

"向主忏悔。"鲁施说。这时他肩上的麻袋动了，醉醺醺的马克西打断了他的话："牧师，你知道别人怎么说你么？格拉斯说，他说……"现在，轮到鲁施打断他了，"愿遵照主的律例，谨守主的典章，诚实行事[①]！牧师，今天演讲的不是符兰卡而是舍恩黑尔，这是怎么一回事？"

"也许，"黑格略略地愣了一下，"也许……主知道一切的发生。"

"但愿，主能告诉我莫根斯坦恩的遗产什么时候到来！"马克西插话，他的声音变得尖细，如同被一根鱼刺

---

① 语出自《圣经·旧约》。

卡住了嗓子。

"你知道，平时，马克西不是这样子，他醉了！"鲁施呈现一副笑脸，他笑得粗憨憨的，"等莫根斯坦恩……"

"魔鬼给了你们欲念，让你们在欲念和罪恶中沉浮挣扎，而忘记了敬畏主，忘记了主的救恩……"

"那个，格，格拉斯说，"声音尖细的马克西重新找回刚才的话题，"他说，蒸鲱鱼的时候不小心弄破了苦胆，就，就会得到和你同样的面容：有这个苦味的底子，你，你看什么都是，罪恶和堕落的样子！①"

"……"

"马克西喝醉了！他的舌头已经长出了暗疮！平时，你知道，他平时可不这样，他是一个胆小如鼠的人……"

黑格的眼里有一层暗暗的火焰：

"你们，你们要将所犯的一切罪过尽行抛弃，自作一个新心和新灵……"②

---

① 出自君特·格拉斯的长篇小说《比目鱼》。
② 语出自《圣经》。

八

　　一场暴雨之后，艾蓬的空气中笼罩着一层厚厚的水汽，而阳光却同样厚厚地铺过来，泛着一股灰白色的光。街道上还有小股的水流，它们具备镜子的性质，闪烁，反光，满含倒影，使耸立的世界显得很不真实，如同幻象。店铺门前的铃铛和招牌在风中叮叮当当响着，呼唤着并不存在的至少是极为稀少的客人，有些颓败。

　　雨后的艾蓬隐藏着一股淡淡的不安。粗铁匠鲁施非常偶然地感觉到，空气里有丝丝缕缕的不安，它随着水汽正在缓缓扩散。

　　阿格娜斯收起鲁施放在桌面上的两个盾①，然后端来了一碗土豆汤，上面漂着几片绿褐色的叶子，"快来了吧。应当快到了吧。"鲁施看见，钟表匠和娅特维佳都在，他们坐得很深，似乎相互都没有看到。"是不是因为下雨的缘故？你似乎有些晚了。"忧伤的女厨娘阿格娜斯

━━━━━━━━

①　盾，德国货币。

望着鲁施的额头，"我是说，现在这个时间，你应当早在塔楼上了才对。"

"鲁施在失去了铁匠的工作后又失去了瞭望员的工作。那里已经有人替代。"鲁施耸了耸肩膀。土豆汤依然很烫，并且略略地少些味道，"除了这条患有风湿的腿，我不知道还能失去什么。"

"会好起来的，莫根斯坦恩的遗产也应当要到了。就是蜗牛，也可以从美国爬到这儿了。"在阿格娜的脸上并没有"会好起来的"表情。"我想象不出，是不是死亡多多少少阻挡了莫根斯坦恩的速度，怎么会这么缓慢。"

"莫根斯坦恩也许是被什么党想象出来的，"阴影处的劳布沙德插话，他的声音混浊缓慢，"娅特维佳，把你的手从口中拿开，这个坏习惯可没有一点儿好处。"

鲁施看了看阿格娜斯，又看了看劳布沙德："这和党可没关系！莫根斯坦恩遗产的事是通过知情人和信件传过来的，整个艾蓬村的人都知道！党只是给了我们更多希望，仅此而已！"

劳布沙德不再说话。外面的阳光越积越厚，劳布沙德周围的阴影也越来越淡。"我不知道，劳布沙德，你怎么会对我们的党抱有这么多的成见！"

现在该阿格娜斯出场了，她伸出捣碎土豆泥的右手，被水分和土豆泥泡得更加发白的手："我很希望莫根斯坦恩的遗产早点到来。鲁施，我们艾蓬人都等得太久了！愿所有诚心爱主耶稣的人，都蒙恩惠！"

然而，阿格娜斯的插话并没有起到应有的效果，屋子里的空气依然冷着，僵着，一块旧钟表的嘀嗒声被无端地强化了，麻木地响着。

更深处的娅特维佳，突然发出了低低的哭泣。她蒙着自己的眼睛，将眼睛和脸都深藏在身体里。外面的阳光很好，越积越厚。

"听说，"劳布沙德的声音干涩，似乎含着数量众多的沙子，"听说舍恩黑尔取代了符兰卡的位置。也不知道，这意味了什么。"

鲁施努力地张了张嘴。他的声音过于短小，以致他不得不多用些力气，"谁，谁知道呢。不过，这样肯定，是有道理的。"

劳布沙德，用眼镜背后的光看了看娅特维佳，"去年，万圣节后那个贝布拉剧团①的演出你是不是还记得？天知道，他们在什么地方找到了那么多矮人儿！"

"当然记得！多么棒的表演！黑格牧师差一点就要阻止他们的演出！他叫他们什么？传播邪恶和亵渎神明的侏儒！"鲁施探了探自己的身子，把他的粗脖子露出了更多，"他们甚至为艾蓬排演了一出新戏，真难为他们了！那时我们多么激动！那时候，只有费贝尔是怨愤的，因为他下不了床。因为怨愤，可怜的费贝尔才拉断了自己的肠子，才造成了肚子里肿瘤的破裂！"

"是啊，那时候，大家都相信苦日子过去了，艾尔茨山上空的阴云消散了。"阿格娜斯说，这时的娅特维佳也止住了哭泣，她正倚在母亲怀里，闪烁着晶莹的蓝眼睛。"没想到，我们又等了这么久。"

"快了，肯定快了。说实话，我甚至对遗产感到了厌倦！"

"我们为它修了广场，重建了剧院，挖了一半的游泳池……战前的艾蓬也没有这样奢侈过。可是遗产，遗

---

① 在君特·格拉斯的长篇《铁皮鼓》中，由侏儒贝布拉任团长组织的一个德国前线剧团，由侏儒们组成。他们曾到诺曼底等地慰问德军。这里是有意借用。

产，它的影子在哪儿？"

"那些不安分的年轻人，比我们更沉不住气！"

九

用来等待的时间那么多，它们积压在一起，变得越来越稠，越来越黏，都有了那种鲱鱼酱的味道。鲱鱼酱的气味还来自于粗铁匠鲁施的脚趾，它有脚气，或者其他别的病，现在，鲁施用掉一些时间来对付死掉的、带有异味儿的皮，可时间还是有那么多。

自从失去瞭望员的工作之后，鲁施一个人待在房间里的时间多了起来。他的面前有不少剩余的纸，粗铁匠鲁施常常拿起笔来，却不知道该写些什么。"也许我该去打施卡特①牌，至少比这样闲待着好一些。"

"也许我该去参加党的活动，救助那些贫困的失业者。在艾蓬，在战后德国，这样的人太多了，譬如我。

————
① 施卡特牌：一种德国纸牌游戏，共三十二张，由三个人玩。在施卡特牌中，J是王牌，大小顺序是梅花、黑桃、红心、方块。若打有主，则某一花色的牌也是王牌，大小顺序是：A，10，K，Q，9，8，7。

我需要自我救助。那个可恶的马克西造成了我的第七次失业。我该找他去打牌。只是，生多了舌头的婊子比他更可恶。有时，马克西还是一个不赖的人。"

"或者，像那群脸上生出痘痘的年轻人，去山上打鸟，或者干些什么。反正，需要找点什么事做。"

矮粗的粗铁匠在纸上写他的计划。"等莫根斯坦恩的遗产一到，我就开始工作，现在，我比什么时候都渴望打铁。我比任何时候都更喜欢火焰炽烤的样子，火花飞溅的样子。"

"在莫根斯坦恩的遗产到来之前，"鲁施对自己说，"我应当去马克西那里看看。也许，可以玩几把施卡特牌。"他抬了抬屁股。

十

鲁施远远走来的时候，多罗特娅·马克西太太正在捉拿李子树上的虫子，它们咬碎了树叶并时常钻到刚刚有点模样的青李子中去，吸食那种苦涩的味儿，并让这种苦涩的味儿一直保留到李子成熟。她没有停止手上的动作，一副视而不见的样子。鲁施冲她笑了笑，然后径直推开门，朝马克西的鞋子走去。马克西拿开胸前的报纸。他张了张嘴，露出一片褐色菜叶，然后又悄悄合上了。

"有什么新鲜事？"鲁施用下巴指了指马克西手上的报纸。

"你说，除了光明的那些？"马克西直起身子，哗哗哗哗地翻动报纸，"弗兰肯贝格，奥斯拉特公司宣布破产。鲁施，你和我都去过那里，我们还和那个叫什么格雷夫的仓库管理员打过一架。现在它倒闭了。小眼睛的格雷夫，他也失业了！当然他可能早就被裁掉了，谁知道呢……运沃斯，由船厂工会和妇女生活保障协会组织的游行发生了小小的骚乱，哦，一名迪尔绍的法官，上面没有说他属于哪一个组织，只说他提出应当让当局继续地产抵押马克①的计划，一名名叫马尔察莱克的银行信贷员，出于绝望或者莫名其妙的原因自杀了，他竟然是把自己吊死在一座大桥上……"

马克西的眼睛盯着报纸，他的鼻子有着微微的潮红，仿佛那里蓄藏了未被消化掉的酒，它们有持续的作

---

① 地产抵押马克：第一次世界大战后，德国通货膨胀时期，为稳定货币而于一九二三年到一九二四年八月间发行的临时通货。

用。"我对这些早已经麻木不仁,"鲁施说,"要不,我们玩一会儿施卡特牌?"他看了看多罗特娅·马克西太太,她已经停止了,某些树叶背后的虫子还可以继续存活,然而她并没有走到房间里来。她挺着自己凸起的肚腩,朝教堂的方向看。

秃顶的马克西,笨手笨脚的马克西对玩牌似乎有特别的热情,他大声招呼着多罗特娅,把报纸纷乱地碰到了地上——多罗特娅·马克西的表现与他恰恰相反,她推托了一下,皱着眉头,最终还是坐在了马克西搬来的椅子上。

三十二张牌,洗牌,答牌,分牌,出牌。多罗特娅还是那副恹恹的样子,厚嘴唇里一波一波地发出抱怨,而马克西的热情则显得有余,有夸张的成分在内。

"天气实在越来越热,"马克西解开领口的扣子,他甩出的梅花9被鲁施的黑桃J吃掉了,"这样下去,艾蓬会被烤焦的。那时,莫根斯坦恩的遗产即使到来,也不能使成为焦炭的我们获得拯救。"

"放心。他们会把你挖出来,让你看一眼你可以分得的那份儿,再将你重新埋到坟墓里去。他们做得出来。"

"我倒想知道，这个纵火犯的孙子是不是真的有那么多的遗产。这些年，我们收到的空头支票太多了。"

鲁施的方块10被多罗特娅·马克西的王牌吃掉，她却没有任何的兴奋，厚嘴唇里说出的仍然是抱怨，房屋的潮湿和闷热，无所事事，咸鱼和黑面包的生活；教堂的乌鸦，李子树上比树叶还多的虫子，窗台上的鸟屎，青年铜管乐队屋檐后的排练，蛀虫和白蚁，笼罩于德国艾尔茨山的坏情绪，等等。她口中的数条舌头轮流使用，小嘴不停，表达着对生活的不满和厌倦。"我怎么生活在这样一个时代。要不是莫根斯坦恩的遗产就快到来，上帝！我怕我早就支撑不下去了！"

"那是你低估了自己。"马克西说，他甩出一张方块A，纸牌在桌子上转了个圈儿。

"你说什么？你是什么意思？"马克西没有理会多罗特娅的质问，他在等待鲁施出牌，"西吉斯蒙德·马库斯被抓走很久了吧？他从放火到偷盗中可没得任何好处！"

"所有奸恶的犹太人都应当受到惩罚！我最见不得他们的那种嘴脸！"

鲁施抬了抬手，他对甩掉手中的哪张牌产生了犹豫，"马库斯先生似乎并不坏。他身上似乎没有生出盗贼的骨头。"

多罗特娅发出一声重重的鼻音，"被冬天的蛇咬到的农夫只证明了自己的愚蠢。你是不是还会说，可怜的阿格娜斯，失去了丈夫会让她多么痛苦？"多罗特娅·马克西太太出牌，"这个放荡的女人，早就将他忘了，忘得一干二净！她和钟表匠睡在一起，劳布沙德，喜欢脏女人裙子下面的土豆气味！"

"这不会是真的。你的舌头应当受到管辖，上次你说伊瑟贝尔和某个男人私通，结果她脾气暴躁的丈夫打断了她三根肋骨！但事实是，伊瑟贝尔比那些被煎熟的青蛙还要无辜！还有……"

"你们总是，要听事实，要听事实。可事实来了，你们就说，天啊，你怎么编出这样的事来！"

……

随后的施卡特牌，玩得有些沉闷，尽管多罗特娅还在不停地释放她的怨气。脾气好起来的马克西进行着缓和，他岔开话题："听说，新任的舍恩黑尔村长要建一个更大的游泳池。他还制定了一个全民游泳计划，等莫根斯坦恩的遗产一到，马上就开始实施！"

"也许，他还会建造飞机厂。这些人，一个比一个更能异想天开！"

多罗特娅·马克西的红心 10 被吃掉了，她的怨气加大了，像膨胀起来的河豚："相较这种修建而言，他们更应当多考虑解决失业问题，给饿扁肚子的人们分发小圆面包！"

"他们，也许是对的。"鲁施说，"人民需要团结，聚会和娱乐。总处在颓丧的情绪中，一个强大的帝国是无法建立起来的。"

"这可不太像你的话，鲁施。"

"人是会改变的，多罗特娅。"

傍晚，漫长的纸牌游戏终于散了。粗铁匠鲁施的右腿感觉着突然而来的疼痛，他拖着它走出大门，而马克西则跟在了后面："对不起，鲁施。你知道我指的是什么事。"马克西的声音细小，像蚊子发出的，细小的声音堵住了他的喉咙。

十一

"莫根斯坦恩是谁？"

"一个逃亡者。他出生于艾尔茨山的艾蓬村。他曾参加过消防队，扑灭他爷爷或者其他什么人放的火。后来应召去服兵役，在凡尔登①和法国佬的战斗之前神秘失踪，据说是得到了秘密的任务。"

"莫根斯坦恩是谁？"

"一个美国人，他早早地取得了美国国籍，虽然他的血管里流淌的依然是从德意志带走的血。后来他成了百万富翁，开着一家制造光明的公司。"

"制造光明的公司？"

"哦，大概是从事电灯灯泡的生产，也许还生产蜡烛和焰火。我对他的美国生活了解不多。"

"莫根斯坦恩是谁？"

"他是库尔比拉的儿子，他的父亲一生谨慎，然而在比绍②，一枚炮弹却率先击中了他，可怜的库尔比拉血肉横飞，不过他篮子里的鸡蛋却一个都没有碰碎……我想你早就听说过这些了。我不比他们知道得更多，甚至也不比你，知道得更多。"

"那么，莫根斯坦恩……我是说他的遗产，那些遗产……"

"你是问我们怎么得知他的遗产要运回艾蓬，要分给艾蓬人的？这事大家都知道，无论大人孩子，整个艾蓬，不，整个艾尔茨山的居民都知道！所有人都参与了这个消息的传播，据说连柏林人都听说了……谁是第一个传播这消息的人……我想没人能说清了，好像一夜之间，所有艾蓬人就全部知道了！兴奋烧红了我们的脸！要知道那时战争刚刚结束不久，我们的生活极为困苦……"

"这个消息让你们兴奋？"

"当然！当然！你肯定无法想象，整个艾蓬的沸腾——这个词被用得太滥了，可我找不到更合适的词。就是沸腾，有热度，冒着气泡，男人们在大街上来来回回走动，欢呼，相互拥抱，被子弹打穿了喉管又补上的叶什克，那天也到街上沙哑喊叫，没多久便被送进医院，可医生已经无能为力：他脆弱的喉管已无法进行第二次缝合手术。"

"莫根斯坦恩的遗产，这笔还没到来的遗产对你们的生活构成了影响？"

"影响巨大，相当巨大。"

"能不能仔细描述一下？"

"其实你完全可以自己想象，想象一群青蛙突然间纷纷变成了王子，想象阿里巴巴刚刚打开宝库的门，想象一个贫儿被皇帝拉进王宫宣布他拥有了王位，想象那些睡在羊圈里的牧羊人一觉醒来……很长一段时间，我们一张口就是，莫根斯坦恩，莫根斯坦恩。我们的舌头被固定住了，只会发出这几个音节。莫根斯坦恩的遗产成了唯一的话题。你怎么想象都不过分，要知道，当时的艾蓬被一种近乎绝望的情绪笼罩着，我们面对的是，丧失亲人的痛苦，战后重建，失业，萧条，层出不穷的犯罪和贫困。"

"为了迎接这份遗产，你们建造了一个广场？"

"莫根斯坦恩广场，是的。我们还修建了一所学校，本来也想以莫根斯坦恩命名，但符兰卡村长和他的党员们自作主张，叫了另一个非常短寿的名字。这个名字很快就被遗弃了。现在叫克韦克斯①学校，我想以后还

① 克韦克斯是德纳粹时期通俗读物和宣传性影片中的主角之一，希特勒青年团团员。在宣传故事中，怀有坚定纳粹信念的青年克韦克斯为德国共产党所杀，他的父亲在他死后由德共转而加入纳粹党。

会再改。我们还修建了一座游泳池，当然它没有完工，我不知道它什么时候能够完工，它已经停了相当漫长的一段时间了，你知道，用来建造广场的钱，学校的钱，游泳池的钱，都是以莫根斯坦恩的遗产为抵押贷款得来的。银行早就不再给艾蓬贷款了，早就。"

"听说，一个叫海纳·米勒①的作家还写过一出关于此事的多幕话剧？"

"它没有获准上演，因为所有艾尔茨山居民的抵制和抗议，我们受到的损害已经够多了。后来的舍恩黑尔村长还在一次演讲中发动大家销毁这个人的书，这个人的所有的书。他的其他书并没有艾蓬。但黑格牧师说，这个人的书是渎神的有罪的，充满了不严肃的胡言乱语。"

"我想问一下，这个符兰卡村长……"

"他已经不是村长了，不是了，现在的村长是舍恩黑尔，但他还是党员。这个符兰卡，他变得比以前更为勤奋，积极，乐于助人，砸玻璃之夜②这个老家伙甚至是

---

① 海纳·米勒，德国作家，出生于艾尔茨山。"莫根斯坦恩的遗产"即见于他的传记。
② 又称为"水晶夜"，发生于一九三八年十一月八日至九日的夜间，在这一夜，纳粹大规模捣毁、烧毁犹太人的店铺和教堂。

第一个站出来的……但他再没回到村长的位置，也大概失去了党的真正信任。政治这东西，远比我们看到的复杂得多。"

"这个符兰卡……"

"我们说点别的好么？"

"听说，你们为及时见到莫根斯坦恩的遗产的到来，还在教堂的塔楼上设置了瞭望哨，由专人负责瞭望？"

"是的。粗铁匠鲁施曾干过这个差事，他和马克西都曾在弗兰肯贝格市的船厂当过工人，战后不久便先后失业。他的这份差事干了一年，后来罗泽替代了他。"

"每天盯着通往艾蓬的路？"

"是的，是这样。在那里可以看得清楚。"

"你是说，这一年多来，你们天天都在期盼，等待……"

"是的，天天都在。我们习惯了，等待，等待。睡觉前我们告诉自己，莫根斯坦恩的遗产在运输的过程中遇到重重困难，明天上午一定能到了。就这样。"

"这么，我是说这漫长等待……"

"不只是漫长，真的，漫长还不是主要问题，怎么说呢……"

"我觉得，我可以理解。"

"也许是吧。"

"现在，你们还要继续，继续等待下去？"

"你说呢？……从我们得到预告的时候起，我们就可以耐心地等。我们知道应当是怎么一回事儿。就用不着多操心了。只需要等待就成了。说实话，我们已经习惯这样了。①"

"那么……你们有没有对此表示过怀疑，譬如怀疑遗产的数额，或者，莫根斯坦恩的遗产是否存在，等等？"

"有，当然有，主要是一些年轻人，他们还曾在广场、街道或什么的刷过标语，也和警察发生过冲突。这些年轻人中，有一些人参与过偷盗、纵火、打架或强奸。舍恩黑尔当上村长之后，哦，他是有力量的，参与过犯罪的年轻人被关进了牢房，而其他的年轻人则成了他的助手，他们像信仰上帝一样……据说舍恩黑尔有可能升任弗兰肯贝格的市长，他在党内有很高的声望。艾

---

① 原句见贝克特的剧本《等待戈多》。

蓬人，我们艾蓬人都对他非常敬重，你应当听到了。他遏制了艾蓬的犯罪，甚至也遏制了艾蓬人的悲观情绪！他说艾蓬是一个大家庭，是这样的。"

"听说，这里曾有过一个送信人，叫维克托·韦卢恩，嗯，应当是这名字。他现在的状况如何？"

"你为什么要打听他的消息？"

"只是，随便问问。是这样，我曾在比绍见过他，那时他刚当邮差，是个充满了活力的年轻人。"

"他早就没活力了。他死了。因为杜松子酒，因为旧自行车。他把自己当成是一条鱼，游进了桥下的河里。"

"可据我所知，维克托·韦卢恩从不喝酒，因为过敏……"

"我对这事同样知之甚少，要想得到更多的消息，你可以去问警察，是他们打捞的尸体，是他们给出的结论。维克托有犹太血统。他长得挺帅。听说他出生在波兰。"

"那么……你们相信，这样等下去会有结果？"

"当然！你以为呢！无论是什么样的结果，我们都距离它越来越近了，是不是？莫根斯坦恩的遗产，也许明天，也许后天……"

"愿你们能得到上帝的赐福！希望这笔驮在蜗牛背上的遗产早点到来。"

"哈，你也这么说！现在，我们都叫它驮在蜗牛背上的遗产！还是等下去吧，你说呢？"

「自我，镜子，与图书馆」

一

关于博学的豪尔赫，由阿根廷国立图书馆编撰的《名人记》中并无任何相关记录，我知道这个名字是因为克罗齐——作为访问学者，他曾在六十九岁的时候前往阿根廷，在布宜诺斯艾利斯生活了三年，《精神哲学后记》专门谈及豪尔赫对他的帮助和影响，他说假如没有与豪尔赫的相遇，他几乎不可能完成这部书，知识广博的豪尔赫给过他诸多的教益，"几乎没有一本他没有读到的书，反正，我所知的所有书籍他竟然都读过，而且大部分可以背诵"。后来，豪尔赫再一次在克罗齐的文字中出现，《诗歌集》中，他被塑造成一本移动的图书，这一形象应是从英国诗人丁尼生的《食荷花人》中移用来的，它们共同提到了"书籍的重量"，并说"它足以让世界发生沉陷"。让我产生兴趣的就是充满夸张的这句话，但是《诗歌集》提供给我的信息很少，那首提到了豪尔赫的诗歌，其核心在于描述玫瑰街角的黑玫瑰：

> 黑玫瑰，它们仿佛是用墨水和血写下的"火焰"
> 在风中燃烧成一团团忧伤的灰烬；
> 足够久远，足够沧桑，
> 沉积的记忆在它们的"黑"中布满了斑纹
> 只有博学的豪尔赫才能把斑纹里的秘密读懂……

几年来，我忙于诸多纷繁的事务而"遗忘"了豪尔赫，甚至遗忘了我曾给克罗齐写过一封长信，在向他求教艺术美学的有关问题时顺便询问过有关豪尔赫的情况——或许因为身体的原因（我的信寄出去不到一年，克罗齐便悲欣交集地离开了人世，他死于食管癌），克罗齐没有回复——直到前几日。一位双目失明的瘦高老人在黄昏时候敲响我的房门，他是在书信和好心人的双重帮助下才找到这里的：是克罗齐，是因为他我才来的。关于豪尔赫，也许尚在人世的人们当中，没有谁比我了解更多了。

下面，即是豪尔赫的故事，它来自于那位失明老人的讲述。不过，出于让故事更流畅些、更生动些的想法，我略略添加了一些连贯性的词，一些不影响真实性的渲染——我想阅读者能够理解我的做法，我要让它符合"小说的伦理"。

二

豪尔赫的少年时代我们无从得知，当他在这篇文字中出现的时候就已经中年，我们所能知道的是他来自以博闻强记著称的赫沙家族，据说是这个家族里唯一的男丁。同样是据说，这个赫沙家族的徽标是一枚小小的弯月，弯月下面是由难以理解的罗马文字组成的拱门——失明的老人否认了这一说法，他说根本没有弯月的存在，所谓的弯月其实是被尖刀刻上去的痕迹，就像玻璃上的裂纹，它是古老的赫沙家族兄弟失和的象征——出于自尊和虚荣，赫沙家族掩盖了真实，才将那道有力的划痕解释为弯月。"但由此，赫沙家族也遭受了诅咒，近百年里，这一家族中的兄弟在成年之后全部分道扬镳，相互不再往来，直到，豪尔赫的父母只生下唯一的儿子。"老人语调平静，端着咖啡的手有些略微的抖，他看不到顺着杯子滴到桌面上的咖啡。

豪尔赫出现在老人的视野中，是因为他来到名不见经传的伊雷内奥·富内斯图书馆，竞聘一个图书管理员的职位。富内斯馆长亲自接待了他，馆长对豪尔赫的到来似乎有些惊讶——我们没有张贴任何的告示，没有向任何人谈起过，你怎么知道我们需要一个图书管理员？"不是您需要，有需要的是我，富内斯馆长。我听我父亲在很早之前说过，您的图书馆里，有我所需要的。虽然具体是什么我也并不清楚。"

"我们并不需要管理员。"伊雷内奥·富内斯回答，"您的需要不能成为我会将你留下来的理由。我想，您还是去别处看看吧，也许您所需要的更容易找到。在我这里，只有一些冷僻得无人问津的书。"

……豪尔赫没有获得他所需要的职位，尽管看上去他已经赢得了富内斯馆长的一些好感。在送豪尔赫离开时，富内斯馆长很是随意地问了一句，现在几点钟啦？这个问话带有自言自语的性质，所以馆长并没有期待回答而是问过之后继续向外面走，走在前面的豪尔赫没有停顿也没有张望，同样很随意地说出：先生，现在是下午四点四十七分。

"您是赫沙家族的？"

"是的，先生。我是路易斯·赫沙的儿子，我的父亲，是去年秋天的时候去世的，他死于十月三日凌晨七点二十一分。"

"愿他安息。愿藏在你们家族头脑里的时钟不会再惊扰到他。"

三

老人向我讲述了豪尔赫与富内斯的第一次相见，直到豪尔赫的背影消失在科尔多瓦街街角的深巷里，富内斯馆长才收回视线，认真地看了两眼刚从怀里掏出的怀表。它早停了，停在一个模糊的时间点上。这时天空突然乌云密布，南风又在推波助澜，街上树枝乱舞，仿佛有一群不安分的魂灵操控着它们。富内斯急忙转回他的图书馆，将已经到来的暴雨关在了外面。那时候，他竟有些怅然若失，心里惦记着赫沙家族的豪尔赫是否躲得过暴雨，被淋湿了没有。

老人说伊雷内奥·富内斯在之后的半年里没有再见到豪尔赫，但他时常会想起那个下午四点五十一分突然聚集起来的乌云，天空黑暗得毫无征兆，随后硕大的雨点便倾泻而至，藏身于树枝间的魂灵们一定来不及躲避。半年之后，豪尔赫又一次造访了位于偏僻郊外的伊雷内奥·富内斯图书馆，看上去他比第一次到来的时候更清瘦了，他依然试图谋求图书管理员的职位——它很可能是一本只有在您这里才能见到的书。它也许像传说中的"阿莱夫"那样包含了整个宇宙……我说不好。

根本就没有这样的一本书。伊雷内奥·富内斯先生说，没有哪本书会包含整个宇宙，任何一本伟大的书也都是有缺陷的，包含整个宇宙的书即使是传说中的穴居永生人也写不出来。何况，他的这家私人图书馆藏书虽然也算浩瀚，但每一本藏书都是他亲自购买的，他并不记得有这样的一本书，绝对没有。如果出于寻找这本书的目的而当上图书管理员的话，豪尔赫先生肯定会大失所望。

倒也不是……豪尔赫解释说，他并不清楚自己要寻找的是什么，也许并不是一本书，也许是浩瀚图书的总和，也许都不是，它甚至连空白的纸张都不是——但豪尔赫坚信自己会在伊雷内奥·富内斯馆长的图书馆里有所得，即使这种所得没有自己所想的那样巨大。"图书管理员的职位足以让我安心，我会把其他的所想都看成是多余的非分之想。有首《天赋之诗》：天堂，应当是一座图书馆的模样……"

"博尔赫斯故弄玄虚的昏话你也信。他本身是条走火入魔的虫子，却总以为自己是悉达多那样的求知者。他可怜的命运就像一张涂满了字迹的纸片，字迹完全地遮住了他。"富内斯馆长的语气里带着嘲讽，"豪尔赫，图书会淹没你，它们就像被压缩装进袋子里的迷雾，甚至会扩展你的偏见，让你看不到真正的生活。我们……我们中的失明者已经够多了。"

"可您也建了这座图书馆。我觉得，您的博闻强记应该不逊色于任何人，包括赫沙家族。我甚至觉得您似乎也和赫沙家族有什么渊源。"谈到赫沙家族，豪尔赫的神情暗淡了下来，他说富内斯馆长应当了解，赫沙家族一直被过早到来的失明症所困扰，这份遗传似乎没放过任何一个男人。为此，他父亲一直忧虑，现在则轮到他了。"从不认错的命运对一些小小的疏忽也可能毫不留情，"豪尔赫说道，"只不过，我们家族的疏忽是上帝给的，但我们每个人都不得不担责。"

"悲剧无非是赞美的艺术，"富内斯馆长借用埃内斯特·勒南的诗句劝慰豪尔赫乐观些，相对于他人和整个人类，赫沙家族的命运也许好不到哪里去，然而也坏不到哪里去，而博闻强记无论从哪个角度来说都不能算是太坏的事。安慰归安慰，富内斯馆长始终不肯允诺他图书管理员的职位——这座图书馆里已经有两个职员，虽然表现平平但也没出过什么大错，足以打理好这座由古堡建成的图书馆，日常的维护和新书的购进又时常让富内斯馆长感觉资金拮据，无力再雇用豪尔赫先生，为此他也很是遗憾。

尽管聘任的协议仍未达成，但这不妨碍两个人交谈甚欢，他们谈论"骄傲的拉丁文"，洛蒙德的《名人传》、基切拉特的《文选》、朱利乌斯·恺撒的评论集与普林尼的《自然史》，谈论但丁，劳伦斯·维吉尔的《牧歌集》与荷尔德林，谈论永恒、无限、死亡、失明和轮回……豪尔赫离开的时候已经是晚上九点二十一分，不过他们依然有勃勃的兴致，这份兴致让他们错过了平时的晚餐时间。九点十八分，豪尔赫在门外挥手，随后他马上报出了准确的数字对自己进行修正，"看来，时间真是相对的。我大脑里的时钟已经变慢。"

富内斯馆长再次向豪尔赫表示了遗憾，他抬头望了望头顶的星辰和弥漫的凉意，"我想这次，您应当不会再遭受什么暴雨了。"

四

从不认错的命运对一些小小的疏忽也可能毫不留情。后来富内斯馆长时常会想起豪尔赫说过的这句话，他想起，它出自于博尔赫斯的《南方》——老人说富内斯馆长曾和博尔赫斯有过一些交集，两个人相互都有轻视，若不是富内斯馆长购得了威尔版的《一千零一夜》，若不是他迫不及待地想查看这本书的品质、内容和插图而被敞开的玻璃窗划破了头，也许他永远也不会记起博尔赫斯曾说过这样一句话。这句话，竟然让富内斯馆长对豪尔赫也产生了一点点不那么好的看法，它是一种很潜在的阴影。

这个划伤竟然让富内斯馆长的额头流了很多血，深夜两点三十六分他就醒了，感觉口中苦得难受，喉咙里像塞进了一团燃烧的棉球，高烧把他折磨得死去活来，威尔版《一千零一夜》里令人恐惧的插图一次次在他的噩梦里出现。"八天过去了，长得像八个世纪。一天下午，经常来看他的大夫带了一个陌生的大夫同来，把他送到厄瓜多尔街的一家疗养院……"坐在车上，富内斯又想起博尔赫斯《南方》中的语句，自己遭遇的竟然和他小说里的境遇那么相似，真是讽刺。富内斯想如果按照《南方》所讲述的，接下来在经历一系列的检查治疗之后自己的身体会获得好转，然后去南方疗养，然后在南方送命，遭遇所谓"充满浪漫主义的死亡"——如果真是那样，也没什么大不了的，不过预知自己之后的遭遇总是有些怪异，他不知道自己能不能摆脱那个结果。"一般而言，大家总说书籍是对生活的模仿，可在我这里将是生活模仿了书……"身体像碳一样热的富内斯馆长还偶发奇想：如果当年自己和博尔赫斯成为朋友，落在他的小说里也许会是另外的结果，至少递到自己手上的匕首会长一些……

生活从来不会完全地模仿书籍，从来不会，哪怕它在一个时段显得过于相似。从厄瓜多尔街的疗养院里出来，富内斯并没有去南方的打算，包括他的主治医生也没有提过这样的建议，他又回到了旧生活，而和博尔赫斯的故事轻易地又叉开了。不过这次划伤给富内斯馆长留下了严重的后遗症，他的视力远不如前，眼前总是有几个模糊的、跟随他视线来回晃动的黑斑，书上的字迹也多出了重影，读上一段时间他的眼睛就会流出泪来，有些木木的疼。

富内斯馆长不得不大大缩短了自己每日的阅读时间，空出来的时间都被他填充到让他忧伤、难过、愤怒和满是争吵的记忆里去，他的日子随即变得倍受煎熬。在煎熬中他做出决定，聘请豪尔赫先生做伊雷内奥·富内斯图书馆的管理员。这个决定也许在他被高烧折磨的时候就已经做出了，只是他没来得及告诉自己。

然而豪尔赫没有留下过地址，确实没有，否则只要扫上一眼，富内斯馆长也会记住它的。他没给豪尔赫这样的机会，现在，轮到他为机会的错失而懊恼了。凭借记忆，他去赫沙家的旧宅，得到的消息让他失望：和《马丁·菲耶罗》的写作年代一样久远的赫沙庄园早已被拆成六块分别卖掉，新主人们都不知道豪尔赫的名字和他搬到了哪里，甚至连曾经显赫的赫沙家族都没听说过。这也可以理解，商业时代的河水当然会冲走一些旧时期的木桩、沙子或者别的什么，这条河流只会保留对它有用的遗迹。墓地——墓地是不会轻易变卖掉的，富内斯向人打探，得到的消息又一次让他失望：真不知道赫沙家族的怪癖那么多，他们都是一个人来，而且从不和找打招呼，都是面具一般的表情……我怎么会问他们的住址？不可能的先生。我甚至从没看清过任何一张脸。

告示，报纸，警察，纳税证明……没有更好的途径，所有的方法都已用过，这个豪尔赫简直就是大海里的针，他不肯浮出到水面上，谁也无能为力。就在富内斯馆长已经决心放弃的时候，重于水流、之前不肯浮出的"针"终于出现在面前。豪尔赫告诉他，在消失的时间里他曾赴欧洲旅行，寻访公元452年被阿蒂拉大军摧毁的阿基莱亚城的遗迹，奥雷利亚诺说那里存在一个隐秘的"环形"教派，他们宣称历史不过是个圆圈，天下无新事，过去发生的一切将来还会发生，新建的阿基莱亚城也还将被大军再摧毁一次……然而豪尔赫却发现那里并不存在这样一个"环形"教派，当地人信奉的理念是：永恒是时间被静止住了，每个人都活在凝固的时间里，只有十岁以下的少年才能穿梭到外面去，所以他们日新月异，而其他人则不。其实说他们是利维坦教派也许更合适些……

富内斯馆长点点头，"《利维坦》第四章第四十六节，'他们会教导我们说，永恒是目前时间的静止，也就是哲学学派所说的时间凝固'。你还发现了什么？"

没有更新的发现了。他去那里旅行多少是受了斯韦登伯格的蛊惑，他在一则随笔中谈到古老的阿基莱亚城曾存有两本书：一本是黑的，书里说明金属和护身符的功能以及日子的凶吉，还有毒药和解毒剂的配制方法；另一本则是白的，尽管上面文字清晰，但没有人看得懂它的表达……"这两本书，完全是想象之物，埃曼纽尔·斯韦登伯格却使用了不容置疑的语气。"豪尔赫把手摊开：我在准备离开意大利的时候发生了一件事，有人售卖一本莱恩本的《一千零一夜》，我用自己携带的全部积蓄终于换得了这本手抄的书，手稿末尾有大卫·布罗迪红色的花体签名。然而就在我迫不及待地在路上打开迫不及待地阅读它的时候，额头撞在敞开一半的窗户上，流了很多血。当夜，我开始发烧，感觉口里苦得难受，喉咙里像塞进了一团燃烧着的棉球，《一千零一夜》里令人恐惧的插图一次次在梦里出现……

"那本《一千零一夜》呢？你是不是将它带了回来？"

"没有。我将它交由保尔·福特先生卖掉了，因为医药费需要支付，而我隐隐觉得这本书里似乎暗含着某种不祥。我本是想再次将它购回的，但福特先生坚持不告诉我买主是谁，我也没有更多地追问，我想交由更合适的人也好。等我身体有了好转，我就从欧洲动身……一回来，我就读到了刊在报纸上的启示。我希望这个职位是我的，富内斯院长，我认为自己能够胜任。"

伊雷内奥·富内斯忽然表现得犹豫："也许并不像您想的那样，当然也许并不像我想的那样……豪尔赫先生，您知道您要找的是什么吗？它对您来说是不是那么必要和重要？"富内斯的头转向窗外："很可能，您永远也找不到您所要的，它根本就不存在。当然还有另一种可能，它要您付出您承受不了的代价，我得考虑能不能带给你那样的后果……本来我也发誓，永远不招收赫沙家族的人，倒也不是什么大不了的仇恨，而是……这里面也许存有傲慢和嫉妒的双重成分，我不愿意为此思考。我想，再过七天，再给我七天的时间考虑，好吧，豪尔赫先生？"

五

豪尔赫谋得了他所想要的，那就是，让他沉陷于浩瀚书籍的气息里，这种气息甚至比承载它们的古堡、木架和来自穆斯塔法二世时期的地毯都显得古老，它弥漫于图书馆的角角落落，以至于窗外的光线透过它之后都变得黯淡。穿行于书籍气息中的豪尔赫也相应地变得黯淡，只有他的眼睛里偶尔会闪过一丝烁亮的光，就像某个黄昏人们从猫的眼睛里注意到的那样。

无疑，豪尔赫是一个称职的管理员，工作的时候兢兢业业，专心致志，哪怕这项工作只是擦拭桌面的灰尘。他和另外两名员工的相处也是恰当得体，保持着礼貌的客气，很快，他们就把按顺序排列和归类码放图书的任务交给了他，因为他的判断准确而让人信服。

伊雷内奥·富内斯图书馆位于科尔多瓦街与玫瑰街的交口向南三百四十米的右侧，它是科尔多瓦街上最古老的建筑，和它同样古老的建筑或毁于久远的战火，或毁于拆除重建。在富内斯先生看来，布宜诺斯艾利斯人总有一股盲目喜欢新事物的混乱、不竭的激情，这股激情已经持续了数百年，不过他们摧毁了很多而建立起来的却很少。科尔多瓦街是一条僻静的街道，偶尔还会透露一些野蛮气息——比尔·哈里根的"沼泽天使"帮会从恶臭的下水道迷宫里钻出来，尾随一个水手或者别的什么人，当头一棒将其打晕，连内衣也扒得精光。因此，伊雷内奥·富内斯图书馆的下午少有人来，其实上午到来的人也不多，不过来自意大利的克罗齐总喜欢下午时光，比尔·哈里根的"沼泽天使"们竟然从未对他下过手，在他看来，所谓的"沼泽天使"完全来自我们当地人的杜撰，用来恐吓像他那样的外地人。严谨而刻板的克罗齐先生从不肯相信他眼睛没有看到的……当然这是后话。

下午空闲起来的时光，豪尔赫会缩在一个固定角落安静地阅读，不走动也不呼吸——从远处看他真是不呼吸的，翻页的动作都很轻，似乎担心惊扰到居住于书本里的魂灵。那样的时刻他并不存在，存在的是书，仿佛是书页自己在翻动。他的样子让富内斯馆长百感交集。

某些空闲下来的时光，伊雷内奥·富内斯馆长会招呼豪尔赫一起下午茶，他们的话题当然会集中于图书以及和图书相关的事：《伊利亚特》与《埃涅阿斯纪》中都提到了雅典娜的盾牌，可它们的装饰性花纹是那么不同，它究竟证实了雅典娜拥有至少两个以上的盾牌，还是仅仅出于荷马与维吉尔想象上的差别；从伊壁鸠鲁哲学到斯多葛学派，神和自由意志，从《理想国》到《乌托邦》，再到《利维坦》，尼采的"超人"论与城邦民主……豪尔赫谈到他父亲收藏有一本1518年在瑞士巴塞尔印刷的《乌托邦》，不过因为装订的问题它不够完整，有八页是连贯的缺页，其中一页是插图。"那本书没有页码标注。我在您的图书馆里发现了同样版本的《乌托邦》，它残破的部分是在最后，不知被谁撕掉了几页。"

"我欣赏这种残破。我都想承认是我做的，虽然并不是。它或许表明人类乌托邦总有其残破之处，它本来就不具备完整性……它需要幻觉的、不能完成的通气孔，任何试图将残破修缮完整的做法都会造成灾难，事实已经证明如此。"富内斯馆长说。他没有容得豪尔赫争辩便转向庞修斯·彼拉多对耶稣的审判——在西蒙·蒙蒂菲奥里眼里，这位罗马总督"是一个行事大胆但缺乏策略的人，他完全不了解犹地亚的情况"，并说他因"贪赃枉法、暴力、偷窃、殴打他人、滥用职权、大肆处决和野蛮凶残而臭名昭著"，但在米哈伊尔·阿法纳西耶维奇·布尔加科夫所著的《大师和玛格丽特》一书中，彼拉多则变得怯懦、犹疑和反复无常，他被一种吞噬着脑浆的头痛病所折磨，是撒旦操控了他。《圣经》，"路加福音"，彼拉多曾多次试图释放耶稣，但众人却宁可要求释放巴拉巴这样的杀人者也不要耶稣……"如果不是钉上十字架的耶稣只有一个，我甚至怀疑彼拉多有多个重名！他们所拥有的灵魂根本无法在同一躯体里相处。"

……几乎每过一段时间，富内斯馆长都会和豪尔赫交换一些阅读的看法，富内斯发现，豪尔赫对哲学和文学的兴趣更重，而他则对神学和历史有较强的兴趣；豪尔赫习惯具有冥想性的、夸张感的文字，而富内斯则更迷恋"平实的精确"；豪尔赫着迷于神秘的"东方"和法兰西，富内斯的趣味则接近于"西方"，具体一点儿，英格兰，除了莎士比亚和乔叟之外的英格兰都令富内斯心仪不已。当然他们有时也会互换，就像在餐厅里点餐时换上一种平时不太在意的口味。他们会有引经据典的争执，许多时候那不过是种有意的智力博弈，并不能完全地代表他们之间的分歧。之后半年，富内斯感觉自己坠落于忧伤、难过、愤怒和满是争吵的记忆里去的时间少了，他甚至被激起了"少年之心"，希望自己较之清瘦的豪尔赫先生知道得更多些，希望自己在仿佛是抽签决定正方和反方的争执游戏中胜率多些……不过他的视力下降得厉害。他不得不把阅读时间一减再减，这是另一重的痛苦，有次他当着另一个职员的面，和正在擦拭椅子的豪尔赫开了个似乎并不恰当的玩笑：我知道自己为什么不愿意聘用来自赫沙家族的人了，因为你们会把失明症也带给我。

说过这话之后富内斯馆长有些后悔，他试图用另外的话题掩饰，但豪尔赫似乎没有过于在意，他在意的是另一个问题：馆长先生，我在想我们图书馆里缺少什么——我感觉到了缺少却没有想到是什么，但现在我意识到了。偌大的图书馆，没有一面镜子。连类似的替代品都没有。

"镜子是没必要的，我觉得，我们可在文字中照见更清晰的自己。"正在走下楼梯的伊雷内奥·富内斯馆长说得斩钉截铁，"在我接手这座古堡将它变成图书馆之前，这里是有镜子的，但我到来所做的第一件让我至今仍感到荣耀的事，就是把所有的镜子都拆毁了。'自我，从来不存在于你可见的面孔中，它只在潜意识和无意识中才能保留'，这是荣格在《无意识心理学研究》中提到的。"

"尊敬的先生，您提到了'自我'。我突然想，它，或许是我要在您的图书馆里寻找的。"

六

你是说，豪尔赫先生是为了寻找"自我"才来到图书馆的？

与其寻找，倒不如掩藏起来。老人的表情有些凄然，长久的失明已使他的眼窝沉陷，仿佛涂有一层不经意的灰。米兰·昆德拉说，当我们雀跃着把一扇大门打开，以为自己进入了天堂，而当大门关闭起来的时候我们才发现自己是在地狱里……这样说发生在豪尔赫身上的事也许并不准确，但我一时找不到更好的表述来说出我的感觉。豪尔赫以为找到了糖果，没想到的是灾难已经尾随而至……

你是说，豪尔赫先生因为寻找"自我"而遭遇了灾难？那，灾难是什么？是给他带来了痛苦还是要了他的命？

老人摇摇头，你还是先听我把这个故事讲完吧。它已经接近尾声了。"尾声往往是最尖利的部分，它的叙述者总是遮遮掩掩在逃避它的到来……"老人引用了博尔赫斯的句子，他说，引用博尔赫斯是豪尔赫先生的习惯，尽管在富内斯馆长面前他多少有些收敛。

回到失明老人的故事中……豪尔赫简直像着了魔，这个"自我"像磁石那样吸住他，让他更为专注，更为废寝忘食，也更少享乐——如果真有享乐这回事的话。"先生，豪尔赫先生不能再这样下去了，"职员们找到富内斯馆长，他们表现得忧心忡忡，"这样会把豪尔赫先生摧毁的。"于是，他们拉着豪尔赫玩掷骰子游戏，玩施卡特牌，用塔洛牌为明天的黄昏算命，去玫瑰街上的地下餐馆，吩咐乐师们演奏探戈和米隆加舞曲……米隆加像野火一样从大厅的一头燃烧到另一头，然而只有豪尔赫没有被点燃，他微笑看着来回的火焰，而自己却是一个绝缘的存在。令人气愤和啼笑皆非的是，在那个混乱的、喧哗的、充满碰撞的环境中，豪尔赫竟然还带着书，他在角落里将带有自己体温的书从怀里掏出，一页一页地看下去。"这样下去会把豪尔赫先生摧毁的。"他们说。

伊雷内奥·富内斯倒觉得并没什么，他忧虑的是别的事，譬如之前看到的一句具有暗示性的箴言和自己的眼睛。医生已来看过多次，他没有良策，只有缓解的办法，这些办法更多是安慰性的。"我们家族中的男人多有中年失明的遗传，我想，这也许是赫沙家族男人们所谓博闻强记的原因之一，他们试图在失明到来之前多看一点，多读一点，多记一点，反正过早的失明终是难免的。"豪尔赫说道。那是下午茶时间，伊雷内奥·富内斯在亨利·柏格森的谈话录里发现了一段关于"自我"的新颖描述，而它在豪尔赫那里却已是旧识。"富内斯馆长，我也一直有个疑问……我总觉得，您和我们赫沙家族有某种渊源。我甚至觉得您应是这个家族中的一员，只是因为某种极为特殊的原因而让您不愿承认这层关系。"

伊雷内奥·富内斯给予了否认，他说自己不属于这一神秘而显赫的家族，他和所有赫沙们都没关联，不过他认识几位赫沙家族的男人，但除了豪尔赫先生，其他的男人都没给他留下好印象，甚至只有恶劣的印象。他不知道，豪尔赫先生为什么非要把他和赫沙家族联想到一起。在这个世界上博闻强记的人很多，他们多得像恒河里的沙子，佛陀身侧的阿难尊者便是一个，他也不会来自赫沙家族；自己的眼疾也非是遗传，而是受伤，那次受伤没有伤及性命已是万幸。

——可我发现，您的大脑里也有一块极为精准的时钟。有时您会瞄一眼自己的怀表，但那块表是不走动的。

的确如此。富内斯说，他大脑里的时钟是后来被"塞"进去的，给他大脑"塞"进时钟的人也确实来自赫沙家族，当时他们在一起读书，有过时间不短的一段紧密期，几乎形影不离。那个来自赫沙家族的男人教给他精准判断时刻的种种方法，等他掌握了之后又让他一一忘掉，只凭借感觉……"说感觉只具有天生的成分是极为错误的，它也可以是训练之后的结果。"

——可我发现，您的办公室里，在珍品藏书柜的顶端有赫沙家族的徽记。虽然它是被分开的。之所以我从未向您提及是因为我想不通其原因何在。

的确如此。富内斯说，书柜顶端的两块铜板装饰确实来自赫沙家族，那是他和赫沙家那位男人曾经的友谊的见证。分裂也是见证，他们之间发生了激烈的、无可弥补的争吵，年少轻狂的富内斯发誓再不与这个男人往来，并使用斧子将他赠与的徽记劈成两半。"这是全部的真实。我不为此发誓，因为发誓并不像我们以为的那么有效力。"

——那，您所认识的那个赫沙家族的人，他的名字叫什么？

狄德罗·胡安·伯特兰·赫沙。

哦，不是找父亲。豪尔赫一副若有所思的神情：他也许是我失散多年的叔叔，在我家庭里从没任何一个人曾提到他的名字，他的存在像是一个禁忌，我不知道父亲和他之间都发生了什么。也许狄德罗·胡安·伯特兰·赫沙来自另一个赫沙家族，它的词意本身就是"地母"，应当有开枝散叶的增殖才对。您知道，进入到商业时代以来，赫沙家族的人丁已经越来越少……

"也许是，那种失明的遗传阻止了赫沙家族。"富内斯说着，向自己的红茶中加进了半块冰糖。

七

豪尔赫寻找着"自我"，但在阅读中诸多属于"自我"之外的知识也依然会把他吸引过去，让他着迷，譬如数学的、逻辑的、建筑的，或者让·热内模仿叶芝的语调写下的十四行诗——豪尔赫并不急于找到所谓的"自我"，或者他真的以为"自我"贮藏于一切知识之中，所有的知识碎片——包括相互抵牾、相互矛盾和相互攻讦的那些，也都是"自我"的部分？记得有一次，豪尔赫对富内斯馆长说："在天国里，对于深不可测的神来说，正统和异端，憎恨者和被憎恨者，告发者和受害者，构成的是同一个人。"富内斯知道这段话的出处又来自那个让他生厌的博尔赫斯，于是便装作自己正忙于纷杂而重复的事务，并没有听见。

克罗齐就是在那个时期来的，这位意大利的哲学家、美学家在第一次走进伊雷内奥·富内斯图书馆的时候还带着一个懂得西班牙语的当地助手，他和富内斯、豪尔赫聊天，有些心不在焉的助手便悄悄地打起了哈欠——他的举动应当被克罗齐看在了眼里，之后克罗齐到来就只有他自己了。很快，克罗齐成了图书馆的常客。要知道这座贮藏了太多陈旧知识和冷僻书籍的图书馆常客不多，因此克罗齐受到所有人的欢迎，就连之前的两位职员也感觉到，"他带来了不一样的气息"。克罗齐也用激情的方式表达了他的欣喜，他甚至站在图书馆的中央为房间里寥寥几人吟唱了《图兰朵》中最为经典的部分：不许睡觉！不许睡觉！公主你也是一样，要在寒冷的闺房，焦急地观望那因为爱情和希望而闪烁的星光……富内斯听出这位可爱的先生两次把 si 唱成了 ì，出于礼貌他并没有做出纠正。

他们谈论哲学，美学，意大利和欧洲的历史，宗教冲突，东方的影响，黑塞、卡夫卡和中国的《老子》《庄子》，阿赫玛托娃和白银时代，梵尔卡莫尼卡坐地岩画，细密画的装饰性，克里姆特、康定斯基，吉约姆·阿波利奈尔关于超现实主义的奇妙比喻："当人们想模仿走路时，便刨创了并不像腿的轮子"……他们谈得兴致勃勃，虽然其中也不乏卖弄的成分。下午的交谈主要在克罗齐和豪尔赫之间进行，有些时候伊雷内奥·富内斯也会参与其中——当时，富内斯馆长正遭受眼疾的折磨，他看到的已经不只是飞蝇或吹不走的灰烬，而是一片片不知被什么击碎的白玻璃，它们的裂痕在不断晃动，让他无法看清眼前的人和字，随后是头疼，眼疼，那种折磨就像有几十条虫子在咬，富内斯馆长无法静下心来。他频频去医生那里，但一次也没有带回乐观。

豪尔赫要找的"自我"也是一个话题，他说他发现这个问题就像圣·奥古斯丁面对时间，"假如你不问我，我是明白的；但你一旦问起，我却不知道该如何回答。"他有时觉得自我属于被遮蔽的灵魂，而有时觉得自我即是对生活的态度；他有时觉得自我在思想中，我思故我在，有时又觉得自我其实是肉体，它短暂而易于消失的部分才是。有时候他觉得"自我"就像血液，不划破一个小口你根本看不到它的颜色，有时候又觉得所谓"自我"就像空气，流动而无形，你可以说它在也可以说它不在。"良善即自我"，他欣喜于这句话但随即就推翻了它；"欲望即自我"，随即他又对它反驳：不，不仅仅是；"虚幻即自我"，这依然不能让他信服……"狮子的自我有狮子的属性，镜子的自我有镜子的属性，美的自我有美的属性——也许你想找的是这个可称为'属性'的东西，而不仅仅是你这个个体。"离开布宜诺斯艾利斯之前，克罗齐向豪尔赫与富内斯告别，他的激情让他看上去显得矍铄，他紧紧抱住了豪尔赫，似乎试图将两个人融成一个，"豪尔赫先生，你的自我也许需要你走出去，而不是被困在图书馆里。"

这也许是一句颇有见地但也是毫无用处的忠告，富内斯馆长和豪尔赫都未将它听进耳朵，对他们这样的人来说，"外面"这个世界充满惊惧、危险也缺乏诱惑力，只有在图书馆里他们才会变得丰腴……而豪尔赫先生对克罗齐的"属性说"也不十分认可，他谈到有些蝴蝶会模仿枯叶，有些螳螂会模仿花瓣——它们的属性存在着，可"自我"却是变化的，对人来说，更是如此。

日复一日，豪尔赫还在阅读，而富内斯馆长则被眼疾折磨，他的眼疼、头痛变得越来越频繁，视线也越来越模糊，眼前的字时常会骤然地跳动起来变成纷乱的飞蝇扰得他心烦，他感觉一根达摩克利斯之剑就悬在头上，而悬挂这根剑的绳子已经腐朽。

给他这种感觉的当然不仅是眼疾，老人告诉我，富内斯馆长还有另外一个担心：随着时间流逝，整个图书馆里未被豪尔赫阅读到的图书已经越来越少，他最终会拾级而上，读到图书馆阁楼上的最高层——在那些由拉丁语、汉语、日语、土耳其语、意第绪语和梵语组成的语言丛林之中，还埋有一部被称为"巴别塔之梦"的古老图书，它被装在一个由黑石凿成的石盒里，据说它曾和摩西在西奈山上得到的石板连在一起，它们曾属于同一块巨石。没有谁读过石盒里的那本书，作为馆长，伊雷内奥·富内斯也从未尝试将它取出，每次想到那本书他就会想起记忆中的那句充满不祥暗示的箴言，这句箴言的确吓住了他。他低估了豪尔赫的阅读速度也低估了豪尔赫的记忆能力，谁知道呢，这份低估里也可能包含着某种期待……期待和担心是两股力量，它们绞在一起几乎要把伊雷内奥·富内斯的心给撕碎了。在这样的时刻，富内斯就会把自己的注意力放到眼疾所带来的痛苦上。

一天。一天。随着时间过去，担心则变得重了许多，富内斯甚至怂恿另外两位员工将豪尔赫拉走，到真正的生活中去，到享乐中去，他甚至暗示他们可为豪尔赫寻找有些姿色的美人，他们也确实做了。豪尔赫没有拒绝，他还表达了礼貌的感谢并为自己付费，然后又早早地出现于图书馆里。

这一日，伊雷内奥·富内斯从一个令人不安的睡梦中醒来，他睁开眼睛发现天还是黑的，只有一些细微的、仿佛浸在棉花里的光亮，它们比梦里的场景还飘忽不定。富内斯嘟囔了两句，他引用的是布瓦洛的诗，然后又再次躺倒在床上。那个不安的梦也再次袭来，他梦见豪尔赫已经读完了阁楼上的全部书籍，甚至于拉丁语、汉语、日语、土耳其语、意第绪语和梵语中的阻碍都一一被他克服，当那些书籍被豪尔赫读完，埋藏着的"巴别塔之梦"也再无法隐藏。豪尔赫先生认得石盒上的赫沙标记，他也应当不止一次地听说过那句吓阻的箴言。在梦里，豪尔赫有些犹豫，他甚至放弃了将石盒重新放回原处便走下阁楼，然而最终豪尔赫还是又一次返回来，这次他坚定得多。

一道炫目的、无可比拟的光从石盒里窜出来，接着出现的是浩瀚的海洋、黎明和黄昏，美洲的人群、一座黑金字塔中心一张银光闪闪的蜘蛛网，无数的镜子，每一面镜子里都有无数的、无穷的事物……随即是骤然的黯淡和崩塌，整座图书馆的图书都塌落在豪尔赫的身上，仿佛他是宇宙中的黑洞或者一条大河里的涡流——他吞噬了它们；它们埋藏了他。

从光亮窜出到陷入黑暗，它漫长得像经历了整个世纪又像只有一秒，或者不到一秒。

伊雷内奥·富内斯再次惊惧地从床上坐起来，他的全身已被凉凉的汗水所浸透。坐了好一会儿，他睁开眼睛，眼前依然是沉沉的夜晚，但他大脑里的时钟已经指向上午的九点四十一分。"我这是……"富内斯突然回过神来：他，已经彻底地失明，接下来所有活着的时间都将是同样的黑夜。

　　跌跌撞撞地摸索着，躲避着，他在十点三十八分摸到了伊雷内奥·富内斯图书馆的门，十点五十七分，他走进图书馆，古堡还在，书架和其他的一切都还在，然而摆放着图书的书架上空空荡荡，已经没有一本书还在那里。一本书，也不复存在。

　　就在他继续跌跌撞撞向前的时候，在一旁不知所措的两个职员拦住他：伊雷内奥·富内斯先生，不要向前再走啦！图书馆中心的地面上出现了一个深不见底的大坑，再往前走，你也会陷进去的！

八

　　这是关于豪尔赫的故事，失明的老人说，自那之后豪尔赫再没出现，也再没他的消息，他也许和那几十万册图书一起沉入了地下的某个深处。后来，富内斯馆长给克罗齐馆长写信做了说明，当然这封信只能交给别人代笔。"它足以让世界发生沉陷"的诗句也是由那个事件得来的。

我点点头，如果我没有猜错，您，应当就是伊雷内奥·富内斯馆长。您，应当也出自赫沙家族，是豪尔赫失散的叔叔，对不对？

是的，老人捂住自己的脸，"我是豪尔赫的叔叔，让豪尔赫面临那样的境遇让我不得不面对反复的自责和羞愧。将赫沙家族的徽记断开就是错误的开始。"突然，他颤抖的手指指向我："我之所以寻到这里来，和你说起这些旧事，是因为在克罗齐的信中说，他觉得你的身上同样有赫沙家族的影子，是另一个豪尔赫。他的信让我百感交集。"

「告密者札记」

一

　　我向你声明，我所记下的是一个真实的故事。它来自于德国、法国的解密档案，君特·格拉斯、让·热内、托马斯·曼、卡尔·格式塔夫·荣格等人的著作，以及当时的有关报纸和某些学者的文字。我希望能和你建立某种关于"真实"的契约，建立起对真实的起码信任。当然，出于我的游戏天性或者其他，这篇文字里多多少少会带有点儿臆想、虚构的成分。我向你保证它会很少很少，会掌握在一个可控的范围之内。

　　在你阅读过我的声明之后，告密者西吉斯蒙德·马库斯可以出场了。他没戴面纱，也不掌握中国式的易容术，但他的复杂足以和他的告密者身份相称，甚至更为模糊和多意——在法国，他叫雅库布·贝雷克。在波兰，他用过门德尔和辛格这样的名字——我想有些名字他自己也已经忘记了，那只是一些符号，用来掩藏自己面目的符号而已。这个人，这个具有犹太血统的告密者，他不断更换的名字曾经让纳粹警察感到头痛。毫无节制的变幻让一向以严谨著称的德国警察如坐针毡，仿佛一个人蹿入镜子里的丛林，生出了太多的幻象，哪一个才是"真实"变得更加可疑。对小说的阅读往往也是如此。不过我声明，现在记下的是关于一个告密者的真实故事，它不在小说的范畴中。我希望能和你建立起关于"真实"的契约，获得对它的信任。

西吉斯蒙德·马库斯，公元一九一二年八月出生于但泽。他的父亲是一个玩具商，出售木质的小帆船、拉提琴的猴子、红白漆的铁皮鼓、木偶卡斯佩勒，等等。他母亲是一名波兰人，在德国的解密档案里有一段这样的记载，说她肥胖得像一只小象，可以一边数钱一边打鼾，特别爱吃甜食——那时，他们家住在长巷门附近，五路有轨电车就停在他们家店铺门口，当西吉斯蒙德·马库斯还是一个孩子的时候，他经常坐在商铺的阴影里，静静等待第五路电车的靠近，不停地咬自己右手的食指——他的一篇回忆中是这样写的，他说自己的等待"充满了期望，恐惧和兴奋"。他猜测电车上下来的人会给他的生活带来某种变化，他一边欢欣又一边害怕。同样在这篇回忆文字中，西吉斯蒙德·马库斯说自己是"一个矛盾的人，一个诗人"。

一九三九年初春，确切的时间是一九三九年三月七日下午，西吉斯蒙德·马库斯在诸多可能的身份之间挑挑拣拣，最终将一顶"告密者"的帽子戴在了自己的头上。他在这顶帽子的下面隐身，让它遮住自己的大半张脸，走进了警察局。我承认写到这里我那颗习惯游戏、杜撰和东拉西扯的心开始作怪，我想为西吉斯蒙德·马库斯的步伐定一个调子，是犹豫？紧张？轻快？躲闪？……后来，遵循真实，尽可能遵循真实的想法占据了上风，在我所见的任何资料里都没有他如何走进警察局的相关内容。我希望能控制住自己，毕竟它是一个真实的故事，而我和你之间还有那个真实契约。

他告发的是几个犹太人。他得到确切消息，在三月九日的集会上他们将对格来泽尔①下手，将他从活着的生命中永远抹去。资料中没提马库斯是如何得到消息的，

---

① 格来泽尔：阿图尔·格来泽尔（1897—1946），自 1934 年起为但泽市参议院议长，二战后被波兰以战犯名义处死。

他是不是密谋的犹太人之一——历史往往会拒绝某种的假设性，它的里面充满了各种谜团，就如同涡流里面层出的泡沫：这也是我签订"真实"契约的理由之一。

针对格来泽尔的谋杀并没有真的发生，它被取消且连根拔起了。三月九日，格来泽尔准时出现在圣心教堂外的广场上，微量的风吹起他的头发，他不得不一遍遍用手将它们按住——在他的对面，越过黑压压的人群和大小锦旗，有几具尸体，挂在树上，在风中摇摆，一坠一坠。"告密者从来不会有好下场。"格来泽尔说，他的一只手指向尸体，另一只手则护住被风吹起的头发。

据《但泽邮报》记载，当日，激动的民众呼喊着口号，将去年"砸玻璃之夜①"砸过的犹太商店又重新砸了一次。在殴打两个犹太男人的时候一度出现混乱，我不知道当时西吉斯蒙德·马库斯是否在场，他是否凑近去看了看那些尸体的脸——反正，西吉斯蒙德·马库斯很快便消失了，像一滴露水流进大海。之后，他出现在法国、波兰、意大利，用的是另外的名字：雅库布，贝雷克，门德尔，辛格。

---

① 砸玻璃之夜：发生于 1938 年 11 月 8 日至 9 日的夜里，在这一夜，纳粹大规模捣毁、烧毁犹太人的店铺与教堂。

他加入了一个秘密组织，在这个组织里，他负责刺探有关纳粹的情报，帮助犹太人逃离集中营。很长一段时间，德国的秘密警察都没能将雅库布、贝雷克、门德尔和那个告密者联系在一起。

二

按照豪尔赫·路易斯·博尔赫斯那种带有严重虚无的观点，所谓历史的真实是不太可能真实存在的，它由诸多相连的、不相连的碎片组成，而这些碎片又因为叙述者的判断而部分丧失掉所谓真实性，尽管叙述者在努力保持客观态度。（见《虚构集》）

相对于连贯，我更相信碎片。

这个故事将以碎片的方式被记述。

碎片：西吉斯蒙德·马库斯在他还是西吉斯蒙德·马库斯的时候，在但泽生活的时候，和那些被砸毁的玩具一起经历早晨、黄昏、黑暗的时候，他得到了一身冲锋队的制服。因为强烈的犹太印记，西吉斯蒙德·马库斯从未在众人的面前穿过这身制服，一次也没有。马库斯在他的文字中对此只字未提，提到制服的时候是纳粹德国的秘密档案，它出现于失踪人口调查的卷宗中。"《作为意志和表象的世界》一本，冲锋队制服一套，半旧。"在那页卷宗中，不知是谁用铅笔写了"该死的犹太猪猡"。由于用力，时间并没有将铅笔写下的字迹完全洗尽，它还是有面目的。

碎片：西吉斯蒙德·马库斯曾经养过一只狗，它有油亮顺滑的毛，很长一段时间里充当着西吉斯蒙德·马库斯的影子。它叫迈恩。西吉斯蒙德·马库斯曾写过一篇《向迈恩忏悔》的散文，他用一种抒情化的语调写下了他和它的关系，同时透露他多次毫无道理地殴打过它。这只迈恩，他将它打得遍体鳞伤，然后又和它紧紧抱在一起，失声痛哭。这篇文章你可以在《世界散文精选·德国卷卷三》中找到。它在七十年代末便有了中译本，同时这篇文章还能在德国一家叫《心理显微》的杂志中找到。一名叫作约尼·毕翔普的心理学家以《混杂于施虐、受虐中的爱》为题，对这篇文字的写作动机进行了详细的分析。他提到在身上集中体现了存在的阴影意识，施虐感的双重性，集体无意识，犹太民族意识，精神病症的指向征兆，等等。我不是很认同约尼·毕翔普的解读，但出于客观需要，我必须向你提及。我将《向迈恩忏悔》看成是一篇优美而伤感的散文，虽然它其中具有辩解和矫饰。

碎片：当西吉斯蒙德·马库斯还是西吉斯蒙德·马库斯的时候，他爱上了一个叫古丝特的女孩，她高傲得就像真正的公主，她是阿尔贝特·福斯特尔（1902—1948）的女儿，阿尔贝特·福斯特尔自1930年起担任纳粹但泽区长，因此，古丝特公主的行事便可以获得理解，她对马库斯的傲慢、轻视与敌意也就不难理解了。也许就是她的傲慢、轻视与敌意对西吉斯蒙德·马库斯构成了征服，她使马库斯陷入癫狂的单相思中。有人将西吉斯蒙德·马库斯的告密与这场无疾而终的恋爱联系在一起，认为马库斯的告密是为了博得公主欢心——问题是没有任何资料和证据表明马库斯在告密之后即向古丝特邀功，他在告密之后很快便蒸发了，此后与古丝特再无联系。

虽然我承认他肯定是带着伤疤上路的。

先于理解之前做出判断多少会得出错误的结论，至少是简单化了。米兰·昆德拉说："简单化的白蚁常常在吞噬生命，甚至最伟大的爱情也好像一副稀薄回忆的骨架子那样完结。而现代社会的特性更加丑恶并强化了这个诅咒：将人的生命简化为他的社会功能；把一个民族的历史简化为一些小型的事件，而这些事件又被简化为一种带倾向性的解释；社会生活被简化为政治斗争，再简化为只是两个全球性的强权国家的对抗，人被拽进了一个真正的简单化漩涡。"（《被贬值的塞万提斯的遗产》）对被简单化吞噬的斗争，也是我这篇文字想要达到的目的之一，我希望它能做到。

碎片：它关于西吉斯蒙德·马库斯的父亲，关于背景，关于暧昧。在记载中，马库斯的父亲曾与一名女工有染，被发觉后，他飞快地辞掉了那个女工，似乎那样便能保持他道德上的洁净。这一事件最终导致了那名女工的死亡，说是直接导致却是不确切的；那名女工死在了遭受辞退返回家乡的路上，一辆疾驰的车辗断了她的脖子。

同样的在记载中，西吉斯蒙德·马库斯的父亲有和男孩子们冬泳的习惯，他们赤身裸体，相互嬉闹和擦拭，这在格来特考一带曾经被人议论纷纷。写在记载中的这段话语确实暧昧，不过西吉斯蒙德·马库斯自己写下的文字中，从未出现过类似的记载。他几乎从来都没提到自己的父亲。

三

　　种种记载表明，西吉斯蒙德·马库斯对于逃跑很在行，他几乎可以在一张巨网缓缓合拢的时候突然消失，成为漏网之鱼。他对危险，以及可能到来的危险有着异乎寻常的敏感，这大概得益于西吉斯蒙德·马库斯身上严重的诗人气质，马库斯是个诗人。关于他的诗，我将在以后的文字中进行摘录。现在要说的是他几次顺利地脱逃。

　　第一次对他有记录的抓捕发生在一九四三年三月，一个暴雨的午后，巨大的暴雨使得相关记录都有了潮湿的气息，它在我翻阅到它的时候仍然没有弥散干净。抓捕在兰斯的一家小旅馆里进行，当纳粹警察们闯入房间的时候，他的床头有些凌乱，一只袜子还滴着水，可他已消失得无影无踪。据说那次他在警察们打开房间的瞬间将自己成功扮演成衣橱，如果那些警察足够耐心就会发现破绽，就会发现这个衣橱需要呼吸，在悄悄地一张一伏——这样的据说也许不能让人确信，说实话，它只是札记，我充当的仅是一个材料收集者而已。那时，他叫贝雷克，在当时的抓捕档案里这个名字并未和西吉斯蒙德·马库斯联系在一起，他们被当作两个人，没有丝毫的关系。

对这个贝雷克的第二次抓捕发生在同年五月，只是地点和背景发生了改变，它发生于夜晚，巴黎，萨拉·伯恩哈特剧院。舞台上布满了橙色的光，演出即将开始，三三两两的工作人员在来回走动，搬运道具，调试音响和帷幕，整个剧场有一股淡淡的黄油气味。贝雷克在九排二十一号坐下来，他的身体站在黯淡的光影中，表情略显忧郁。这时，剧院里全部的灯光都打开了，包括窗帘和帷幕，所有人都暴露在光线之下，包括那些突然出现的制服——相关资料里并没有记录这些，它属于我杜撰的兴趣，如果不是那份真实契约我会一路虚构下去，将声音、光影、气味和内心都加入进来。它也许会由此变成一部关于悬疑的小说，充满惊险、跌宕、偶然和意外——虚构就此打住。那一日，纳粹警察得到线报，飞快包围了萨拉·伯恩哈特剧院，然后对每个人进行详细而认真的审查，抓捕了十几位可疑人物。然而西吉斯蒙德·马库斯竟然在警察的眼皮之下消失，再次成为漏网之鱼。

四

抓捕：西吉斯蒙德·马库斯于一九四四年七月三十日被纳粹警察捕获，地点是席哈乌船坞附近，化名为霍斯特皮茨格的西吉斯蒙德·马库斯被误打误撞的秘密警察抓获。当时，这名霍斯特皮茨格刚钻入酒吧不久，他在一名席哈乌船坞学员的前面要了一杯杜松子酒，这杯酒的三分之一刚进入喉咙，秘密警察的手就搭在了他的肩膀上。

使霍斯特皮茨格与西吉斯蒙德·马库斯发生关联，并最终合成一个是警察们的功绩，它来自于马库斯的个人供词。在供词中，西吉斯蒙德·马库斯还供认了他所参与的拯救犹太人的计划，承认他在法国参与了一个秘密组织，在这个组织里的位置也举足轻重——这对秘密警察们可以说是意外收获，当然，这也使西吉斯蒙德·马库斯的档案从纵火犯们的档案中剥离出来，另设一个卷宗。秘密警察那日的抓捕行动是针对席哈乌船坞的学员们的，他们中的某个人或某群人放火烧毁了一艘训练用的游艇，致使一百多名正在受训的潜艇驾驶员和海军士兵丧命。西吉斯蒙德·马库斯出现于席哈乌船坞时曾与他组织里的一个会员取得过联系，那个会员既没有提供船坞的大小也没有提供警察们的抓捕，致使西吉斯蒙德·马库斯的判断出现严重错误。如果再坚持十秒，二十秒，就这一点时间，西吉斯蒙德·马库斯也许不说一字就能获得自由，因为他是席哈乌船坞的学员，没有明显的犹太特征，也没有参与纵火——当然历史一直拒绝假设，尽管西吉斯蒙德·马库斯事后懊悔不已。

接下来是审讯、关押，运送至特雷布林卡①。在解密档案中，西吉斯蒙德·马库斯的名字先后出现于押送名单和特雷布林卡集中营的接收名单上，甚至还出现在送往煤气室的名单中，就是说，西吉斯蒙德·马库斯的确被押送到了集中营，然而他在死亡的前夜逃脱了。

关于他的逃脱，档案中没有任何记载。

没有记载，但有传说。

———————————

① 特雷布林卡：二战期间德国纳粹设在波兰的一个集中营，1942年建营，1943年10月关闭，期间共杀害70万至90万犹太人。

一说是组织营救，他在法国参与的那个秘密组织派
人买通了一个法因戈德的纳粹军官，是他，将西吉斯蒙
德·马库斯从巨大的死亡链条上割下来，丢在一旁，然
后悄悄送出了集中营。另一说法有些传奇，说西吉斯蒙
德·马库斯灵敏的鼻子早早嗅到了煤气的气味，这让他
坐立不安，进而铤而走险。他和一个纳粹军官谈韦伯[①]的
歌剧（这当然是个偶然机会），赢得了那名军官的好感，
他们在文学和艺术上发展了友谊——最终西吉斯蒙德·马
库斯利用了他们的友谊，在被送往煤气室的前夜，马库
斯将这名军官击昏，他自己却获得了这名军官的身份、
衣服和一切特征，驾车逃离，在他离开集中营的时候，
站岗的纳粹士兵甚至还向他严肃地敬礼……这个说法有
明显的漏洞，即使和纳粹军官借助文学和艺术建立起友
谊是真实的发生，接下来的说法和第一种说法有大半的
重合，只不过，那名叫法因戈德的纳粹军官在此变成了
两面人，双料间谍，他还在为德国纳粹内部的一个间谍
组织服务，将西吉斯蒙德·马库斯放走是受了上级的指
示，他的贪婪只是一种故意的假象，为的是获取法国秘

---

① 韦伯（1786—1826）：德国作曲家，《神弹射手》是他的成名作。

密组织的信任，使西吉斯蒙德·马库斯的出逃变得更合逻辑，不受怀疑。在这个说法中，西吉斯蒙德·马库斯在充当了告密者之后又充当了间谍，他是犹太人以及所有反法西斯阵营的敌人——这种说法是从法国那个秘密组织传出的，当时二战已经基本结束，这个"秘密组织"已不再是秘密，他们有了自己的部队和疆土，正为领导权的问题明争暗斗，不可开交。在这种说法传出之前西吉斯蒙德·马库斯就神秘地消失了，关于他的消失又有了两种截然不同的说法，一说他灵敏的鼻子又发挥了作用，在组织决定对他进行抓捕的前一小时坐上一辆开往波兰的火车，从此在欧洲消失。另一说法则是他被秘密处决，甚至是遭到暗杀，因为他知道得太多了，而且和某个失去权力的领导人关系过于密切。

我不保证以上传说的真实性，对其中的所有说法都没有个人倾向，说实话我只信任相关档案所提供给我的那些，说实话我对档案中的内容也一直难以确信。

有时我对档案也缺乏应当的信任。历史有太多的扑朔迷离，似是而非，即使是事件的亲历者，他的讲述也会因个人情绪、偏见和遗忘而使"真实"变得可疑，出现偏离，何况，据荣格分析，所有人的自述都有"自我美化"的效果，这是一种不自觉，即使这种自述是完全的"忏悔录"。

我说过西吉斯蒙德·马库斯是一名诗人，真正的诗人，他的词条在《大不列颠大词典》中都可以查到——他以西吉斯蒙德·马库斯的名义，贝雷克的名义，辛格的名义发表和写下了大量的诗篇与随笔，但关于他的告密，关于他集中营的逃脱，关于他的诸多生活却只字未提。

他的作品，更多的是隐喻，只表达个人的情绪脉络，甚至找不到他对具体事件的发言。但他一直有种参与历史的热情和激情，这一点，谁也无法否认。

五

下面是西吉斯蒙德·马库斯的诗。

《我知道它马上就要来临》

我知道它要来临，

因为我的四肢有了

轻微的晕眩。它就像斜掠的鸟

穿过了光，和我的躯体：

我知道它马上就要来临。

那我用什么迎接？

多余的双手，颤抖的心，还是

被风冻得发紫的嘴唇？

它就要来临，步子已经

在慢慢走近，仿佛，我的周围已尽是海水

我正在陷落

只有它能听见我未曾喊出的声音。

《繁星》

仰望着，孩子们注视着繁星。

他们并不在乎，谁曾为星星们命名

——这不重要，真的。

他们只站在大地遥远的边缘凝神。

也许，一颗星星的坠落会让他们惊悸

然而那样的事件并不多见。

摆脱了时间，天上

有一条静止的，光明之河

（以上两首诗见于西吉斯蒙德·马库斯第一本诗集《沉潜在水下的鱼》，淡黄色封面，封面上除了书名和作者姓名，还印有一条木刻的比目鱼。马库斯在后记中对画家沙高尔①表示了感谢和敬意，然而有学者指出，这本木刻的鱼并非出自于沙高尔之手，这本诗集共收录了三十一首诗，于一九三七年二月出版。）

《拉撒路》

那年雪天，我用自己的虔敬抵挡凛冽和风

我让自己相信，饥饿，冻疮，哮喘和烦闷

都是上帝给的，他总是试探

一而再，再而三

---

① 沙高尔：俄罗斯裔的法国画家，生于 1887 年。

拉撒路①，这是一个好名字，缺少点什么

或者说是多出了点什么，一口未曾呼出的气。

街道和房间里都不需要我的存在

上帝也许会要，我的一切都是上帝给的

包括多余。

这样的寒冷会将冷输入进我的骨头，雪的下面

你也许能听见我的灵魂在悄悄碎裂。

到达天堂的路那么远，我踩着腐烂、脓血，以及骨骼

冥河的水会不会将它们清洗干净？

《腹泻或者无题》

疼痛总是从小肠开始，它无法僻静

不让我从思想和争吵的路上走开；

褪下裤子，我再说鲜花和蜡烛肯定是一腔废话

蛆虫蜷缩的大便无可拒绝。

---

① 拉撒路：《圣经·新约》中的人物，在人间受尽苦难，以乞讨为生，
死后进入天堂。

腹泻。

我听见自己。

在罪孽之后，疼痛虽然不那么紧密

"我们人究竟为何物？一栋痛苦的房子。

虚幻幸福的球，这个时代的鬼火。"①

在腹泻的时候我想到这样的诗句。

这时我不能呼唤伊瑟贝尔，她不应当看见

因此，腹泻的时候我是孤独的。

有臭味儿的是我。

它从小肠开始，或者从早餐开始，或者

是从我出生之前；

苹果一样的罪孽多数时候寄生于卵子。

是的，腹泻，一个人的屁股。

属于慢性肠类还是灵魂的无法洁净？

我不起身，不提起自己的裤子

又能不能排出

---

① 如果我没弄错，这应当是一名叫安备列亚斯·格吕菲宾斯的诗人
的诗句。他用自己的这首诗引起了诗人奥皮茨的注意。他们在一
六三六年有过一次长谈。

所谓邪恶时代的种种重负。

《Gleichgescschaltet①》

一、它是一个词，我们并不清楚其中的意义，热带海域里的沙丁鱼

也许懂了。

二、它从黑暗里升起，至少它自己如此解释，至少它散发了从热带

海域带来的气息。

三、争论会使嗓子变哑，除此之外

除此之外一无是处。

四、词语总是重复；重复变成了力量

我们的手指早早就被灼伤。

——即使同志也千万不要握手。会伤到骨骼

五、可以看见的迅速，迅速有时相当可耻

它的上面有擦拭不尽的血。

迅速，正走向它的反面。

---

① 德文，一体化。

六、是谁被最先耗尽？

沙漠、暴风，还是绝望，还是犹太的灵魂？

七、被钉死的嘴巴，可喧哗从来都没减少。

八、但是骨头的确轻了。

它具有强烈的可塑性，可以建起篱笆

可以化成简单的炭——风会起来帮它。

所有的骨头都可以当作风筝。

九、我们集中悲伤，张大嘴

一群沙丁鱼的模样，可以在第五街区兜售

十、它是一个词，我们并不清楚它的意义

热带水域里的沙丁鱼也许懂了。

3. 11. 1941

（以上三首诗选自西吉斯蒙德·马库斯的诗集《昏厥与重负》，法文版，一九四三年于巴黎出版，他使用的是伊斯雷尔·辛格的名字。这本诗集很快便遭到了焚毁，三百本书成了火焰和灰烬，或者像诗集中说的，化成了简单的炭，然而具有讽刺意味的奇迹却是，《昏厥与重负》中的大部分诗歌都完整地保留了下来，我所见到的是一九八四年的企鹅版，作者的名字已改成西吉斯蒙德·马库斯，他最初的、大约也是最可信的那个名字。书是献给伊瑟贝尔的，她与作者曾在法国同居过一段时间，与他和她同居在一起的还有一个叫莱蒙切夫斯基的年轻人，俄罗斯贵族，随父亲流亡法国——关于他们之间的事和事件我将在后面提到。据说西吉斯蒙德没有记录自己创作日期的习惯，然而企鹅版的《昏厥与重负》中那首《gleichgescshaltet》中却有写作日期，而且是整本诗集中唯一有日期的一首。在西吉斯蒙德·马库斯的创作生涯中，这是他最为晦涩难懂的一首，也是被解读最多的一首，它先后被当作达达主义、后印象主义、达达派、黑色荒谬派、新野兽主义、废墟形式主义的代表作之一而上升到经典的位置。荣格曾在一九五二年对这首诗进行心理学方面的研究，试图解开西吉斯蒙德·马库斯的内心之谜——长达六万字的论文收录在他的《论分析心理学与诗歌的关系·附三》中。企鹅版的《昏厥与重负》中还收有西吉斯蒙德·马库斯和伊斯贝尔、莱蒙切夫斯基的一张合影照片，可惜非常模糊。）

《我习惯在暗下来的晚上点一支烟》

夜晚将自己熄灭，一股白灰色的烟升了上去
随后散尽。黑有它的复杂，看星星的少年挟带着
眼角越来越深的皱纹

他用纸牌建塔①，用抵抗解决掉抵抗，将树根
交付给不同河流的流水。

他的皮肤长有向内生长的刺，割开——

（这首诗是用意第绪语写的，它写作于西吉斯蒙
德·马库斯消失之前，应当没有最终完成，并且题目的
笔体与内文的笔体差别很大，也许是后加上去的，也许
本来是另一首诗的题目。它写在西吉斯蒙德·马库斯一
个旧日记本里，没有被发表。）

除了诗歌之外，西吉斯蒙德·马库斯还写有一些短
篇小说、剧本，以及文学、哲学评论。他以狄德罗《定
命论者雅克和他的主人》为蓝本，写过一出三幕话剧，

---

① 　纸牌建塔：一种儿童游戏。比喻徒劳的工作。

在那里，他强化了雅克寻找艳遇而最终却导致腿瘸的
戏，使它在前两幕中占有极为突出的位置，从而也使得
第三幕显得匆忙。他以莎士比亚最后的戏剧《大将军寇
兰多》为蓝本，写了一篇类似的小说，里面的故事背景
被放在了德国一群犹太人当中——这篇小说的中间还被强
行塞入一篇哲学论文，和小说的故事毫无关系。在叵见
的资料中，他还写过关于康德《判断力批判》、奥古斯
特·倍倍尔①政治思想的批评文字，我是在法国国家档案
馆中偶然查到的。将这两篇文字对照来读发现是一件很
有意思的事儿，西吉斯蒙德·马库斯的逻辑有些混乱，
他往往既是正方又是反方——如果你有兴趣，可以到法国
国家档案馆去查阅，它们不难找到。

六

　　我不知道做出怎样的介绍，才能为你提供一个真实的，
多侧面不扁平，有内心的西吉斯蒙德·马库斯，你希望：

---

① 　奥古斯特·倍倍尔（1840—1903），德国社会民主党缔造者之一。

（1）增强故事的丰富性和曲折性，可以部分地虚构和推断。是（　）否（　）

（2）提供尽可能详尽的资料，包括他的生平，遭遇，诗歌成就，告密原因，性取向，生活习惯，有无肝炎、肺炎、沙眼、便秘或脚气。是（　）否（　）

（3）至此，你是否有兴趣继续阅读？是（　）否（　）

（4）你感觉，我所提供的西吉斯蒙德·马库斯的诗是否应当删除？你不准备了解它们么？是（　）否（　）

（5）你是否觉得，诗歌已经退出了我们的生活？它已没有存在的必要？是（　）否（　）

（6）那你觉得生活中什么是重要的？权力（　）金钱（　）性生活（　）电影（　）二人转（　）

（7）在这篇文字中，你是否感觉它的废话太多？（　）还是感觉有增加废话以打发无聊时间和头痛的需要？（　）

（8）阅读它，你认为出版者应该付给你：三欧元（　）五欧元（　）还是更多？（　）

……

七

法国《快报》提供的证据表明，西吉斯蒙德·马库斯习惯于黑暗，他习惯让自己处于阴影之中，即使在担任组织领导的时候。他时常在黄昏里一个人静静坐着，面前是一本书或一杯咖啡，慢慢等光线一点点抽空、稀释，直到伸手不见五指。他习惯在黑暗中不出任何声响，仿佛是黑暗的一个部分，是黑暗本身，而他是不存在的。一个小时，两个小时，甚至是两个半小时之后，西吉斯蒙德·马库斯才会想起光和灯。《快报》甚至分析，西吉斯蒙德·马库斯为组织的秘密领导者之一，部分地依借了黑暗的力量，或者神秘的不可靠近的力量。

和诗歌的提供相反，至少是反差巨大，在日常生活中，西吉斯蒙德·马库斯是一个充满激情和热度的人，具有力量的人，热衷于公共生活的人。他有一篇《我们的行动和拯救》的演讲，被认为和丘吉尔、巴顿将军的演讲一样影响了二战的进程，它被收入了美国努恩戴出版公司一九五二年出版的《和战争一起说话》一书，亚瑟科恩还在序言中给予了很高评价，然而在西吉斯蒙德·马库斯自己编撰的相关文集中，这篇演讲从未收录，一次也没有，也许是他更看中文学在自己生命中的位置。是的，若不是告密者这一身份，我相信西吉斯蒙德·马库斯在文学史上的位置会更显赫些，弱智的读者总喜欢在阅读中加入先期的道德评判。

西吉斯蒙德·马库斯在法国期间曾与让·保罗·萨特①、让·热内②、安德烈·马尔罗③、伊万·阿历克塞耶维奇·蒲宁④等人有过相当频繁的接触，特别是让·热内对他的印象极为深刻，两个人的接触都使得"友谊"这个词出现短路，发出了白炽的光。西吉斯蒙德·马库斯加入设在法国的那个秘密组织并取得重要职位与让·热内的鼎力相助有着巨大的关系，让·热内先于马库斯成为那个组织的一员。出于自己身上某种具有雌性性质

---

① 让·保罗·萨特（1905—1980），法国作家、哲学家，主要作品有《恶心》《死无葬身之地》《存在与虚无》等。曾获诺贝尔文学奖，但他谢绝了这一"政府荣誉"。
② 让·热内：法国作家，著有小说《鲜花圣母》等。后从事荒诞戏剧创作。
③ 安德烈·马尔罗：法国作家，著有《西方的诱惑》《胜利者》等。荒诞主义这个概念由他提出。
④ 蒲宁：俄罗斯诗人、小说家，1920年后定居法国，1933年获诺贝尔文学奖。

的柔软①，让·热内当然注意到西吉斯蒙德·马库斯在日常和社会中的热情与诗歌中的冷，他的解释是，这本来就是一个人的双面，没什么好奇怪的，马库斯选择诗歌来表达他的那种阴冷的、昏暗的心情、心境是因为"他将诗歌看成是这样的材质。就像花篮不应当用来提水"。让·热内还为我们提供了一个相似的例证，那就是希特勒和他的油画。"油画中的希特勒是阴郁而绝望的，任何暖色的光都被他的眼睛和画笔滤掉了，他看见的只剩下灰，大片或小片的，深的或浅的。"（见《我在荒诞中选择的与违反的——让·热内访谈》，《巴黎评论》，1944年11月）让·热内所选取的例证最终也成为西吉斯蒙德·马库斯人格遭到诋毁的证据之一，尽管让·热内曾三番五次做出声明，但他后面的声音总传不到另外的耳朵里。

在法国期间，西吉斯蒙德·马库斯和保尔·朗之万②有过短暂的交往，他曾为保尔·朗之万写过一篇随笔，

---

① 让·热内的性取向是男同性恋。在这种恋情中，他曾充当妓女的角色。
② 保尔·朗之万（1872—1946），法国物理学家、社会活动家，二战期间曾因参与抗德斗争而被捕。

为他的社会活动进行辩护。康定斯基①在自己的回忆录中记载了他与西吉斯蒙德·马库斯（在回忆录中，西吉斯蒙德·马库斯使用的是另一个名字，贝雷克）的第一次见面。当时，康定斯基所处的仓浩斯学院遭到了查封，致使他不得不离开柏林，流亡到巴黎。"下午三点，是的，那个咖啡色并且有些混乱的下午，贝雷克先生来到我的房间。跟随他来的还有两个影子一样的男人。他们待下来便不再移动。他们的存在让我有些紧张，贝雷克也看出了这一点，他说，'我们的会谈与他们没有关系。你就当他们并不存在。'在这句话后有一段时间的冷场，贝雷克先生琢磨着自己的手指，仿佛在思考它们为何长成现在的样子而不是别的。后来，他终于找到了话题，从我的《论艺术的精神开始》：任何艺术作品都是其时代的产物，同时也是孕育我们感情的母亲。每个时期的文明必然产生出它特有的艺术，而且是无法重复的……我惊讶于贝雷克先生的记忆力。"当然那次见面并没有使康定斯基感到愉快，两个人的分歧是明显的，康定斯基并

---

① 康定斯基（1866—1944），俄罗斯画家、艺术理论家，抽象主义绘画的奠基人。后加入法国国籍。

不认同贝雷克先生的政治和艺术见解，尤其是政治。"临走的时候他伸过了手。这个姿势让我惊讶，很快，我便意识到这是一种属于他们政党的新兴礼节，于是我也学着他的样子伸出了手。握手的瞬间，我意识到贝雷克先生并不是一个强悍的人，他有着一切的怯懦。"

据说，西吉斯蒙德·马库斯喜欢到屠宰场里去，看屠户们宰杀。动物的哀号、鲜血、挣扎，让西吉斯蒙德·马库斯感到津津有味，他的脸因为激动或者紧张而扭曲变形。从屠宰场出来，高大的西吉斯蒙德·马库斯常常会泪流满面，如果这时你在他身边，最好不要打扰他，让他自己去哭泣就是了。等他哭过了之后，西吉斯蒙德·马库斯就恢复原来的样子，热情、有力、富有幻想。

据说，他杀过人。

谁知道呢？我向你声明，我不保证所有据说都是真实，但我的提供也不算是违反"真实"契约。我信任你的分辨能力，你肯定会做出极为正确的判断。

谁知道呢。

八

在西吉斯蒙德·马库斯留下的文字中，有一段关于"火车上"的记载：

……在漫长而又漫长的等待之后，上午十一点左右，火车开始有了喘息，它开了。……在这节货运车皮里还有三十二人，其中有四个穿教团服的圣方济各派修女，一个系头巾的年轻姑娘，雷吉娜·拉埃克。与雷吉娜·拉埃克同行的有她的父母、祖父母以及一个有病的伯父。此人不仅带着家眷，还带着他的胃癌去西方，话不绝口，车一开就冒充自己是个前社会民主党党员。从奥利瓦来的两个女人，许多孩子和一位从郎富尔来的年岁较大的先生，车开了不久便哭开了，修女们则喃喃祈祷。在一个缺少名字的小站，火车停了五个小时。人家又让两个妇女和六个孩子挤入了这节车厢。社会民主党人对此提出抗议，说他有病，说他身为社会民主党党员应当享受特殊待遇——他真的获得了特殊待遇，那就是一记响亮的耳光。穿制服的人用一口流利的德语说，什么社会党人，他不懂这是什么意思。他在德国生活了二十几年，从未听说过这个词儿。他的话引起了不合时宜的哄笑⋯⋯

我忘了写，所有的人都坐在或躺在干草上。下午，火车开了，几个女人大声嚷嚷起来："车又开回去了！"好在，这只是错觉。火车只是调轨。我们都在为离开而伤心，可回去则让人恐惧⋯⋯列车经常在车间外的路段上被游击队或什么什么的青年团伙截住。这些年轻人打开车厢的门，放进一点新鲜空气，把污浊空气和一些旅行行李带出车厢。每当年轻人占领我们所在的那节车皮时，四个修女总要举起双手，紧握住挂在修女服前的十字架。这四个钉在十字架上的基督让人印象深刻。那些年轻人先画十字，然后把乘客的背包和箱子扔到铁路路堤上。

那个社会民主党人拿出一纸证书给年轻人看。他们没画十字，而是一巴掌击落他手里的证书，抄走了他的两口箱子和他妻子的背包。连这个社会民主党人垫在身下的上好的大方格冬大衣也被带到新鲜空气里去了。

⋯⋯一个叫马策拉特的先生在车厢里大谈游击队，他说所有来到车上的游击队员都是假的，临时的。真正的游击队员从来都不是临时的，而是一贯的，长久的。他们把被推翻的各届政府扶上台，又推翻借助游击队之力才被扶上台的各届政府——车再次停止，又一批"假的"游击队员拥上了车，那位马策拉特先生飞快地闭上了嘴。几乎没有什么行李了，小伙子们开始动手剥旅客的衣服，他们还算理性，他们只剥男人们的上装，对此，社会民主党人感到无法理解，他认为，宽大的修女服若是到了灵巧的裁缝手里，能裁剪出许多像样的上装来——使他获得理解的是军用短筒靴，他被一只脚狠狠地踢到了胃上。

这个社会民主党人大口地呕吐不止，最后大口喷血。夜里，火车停在一条停放线上，那位社会民主党人大声而下流地亵渎上帝，咒骂犹太猪猡，号召工人阶级斗争，像在电影里能听到的那样，他最后一句话是"自由万岁"，末了，一阵呕吐，死了，使全车皮陷入恐惧之中。夜，那么漫长，让人窒息。

我说过，告密者西吉斯蒙德·马库斯先生没有给自己的作品打上时间印记的习惯，而且它没有被发表，所以我无法猜测它写在哪一年，记下的是哪一时段的发生。如果你是读书人，你会在另一名作家的作品中发现它，和它形成互文，在那名作家的作品中，它有了被限定的时间。这段文字现存于波兰一家私人博物馆。我是在搜索告密者西吉斯蒙德·马库斯遗留文字时查到此文的，并附部分影印件，从笔体上看应当是他的作品。但出于懒惰或者其他原因，我没有去波兰那家博物馆核查，而是写了一封问询的信。三个月后我收到了收藏者确定的回答，它确实存在。但收藏者不希望透露自己的名字。

在告密者西吉斯蒙德·马库斯的文字中，很少记录自己真实、具体的生活，这给我对他的研究探寻造成了巨大难度。他多数记下的是印象，感觉，叹吁，而对时间的发生有意忽略，他是一个诗人，以他在狂妄又内敛的野心应当知道自己的文字会获得流传，可他，却有意剪断了和当时发生之间的连线，而让它们飘荡起来，是一个怎样的原因，让他这样坚定而坚决？

下面的一段文字算是一种"泄露"，它被夹在一篇题为《钟的秘密心脏》的散文中，在这种缝隙里，透过狭窄的小孔我们可以管窥一下，他在集中营的生活：

"我当然还记得施劳麦勤，记得他胯下那道曲折的伤口，尤其是他最后的歌。那道伤口像一条长蚯蚓，仿佛分泌着暗红色的毒素，这股毒素最终会流进他的心脏，和他的血一起从口和鼻孔里涌出来。那个黄昏，雨下得很大，我们所有可以运动的人都被叫到雨中。说是要冲洗一下我们的灵魂，虽然他们对恢复洁净并不真的抱希望——我站在施劳麦勤的对面，几乎是裸体贴着裸体，所以他胯下那条蜿蜒向上的伤疤依然能看得清清楚楚。就在那时，发着烧的施劳麦勤忽然唱了起来，他唱《雨水》，唱《漂泊的荷兰人》，① 他那沙哑而缺乏节奏感的声音竟然有着特别的力量，部分地制止了我和我们在冷雨中的颤抖——在他唱到《漂泊的荷兰人》时，几乎是我们全体一起充当了水手：舵工啊，留神啊……接下来这群瘦弱而密集的裸体方阵出现了混乱，似乎是纳粹的士兵冲过来了，他们用手来抵住歌声，用木棍来击打歌声的尾音，使它们中断或者加入三十分贝的呼喊：等我在挤到施劳麦勤身边时，他已躺在地上，身体在颤抖，口和鼻孔里流出一些暗红的血，不断的雨点再将它们抹去——他很快就死掉了。至今，我都忘不了他临终前

――――――――――

① 《漂泊的荷兰人》是理查德·瓦格纳的歌剧。写一名荷兰船长被神惩罚永远在海上航行，除非他在每隔数年登陆一次时获得爱情，才能解脱。

的那双眼睛，它们和鼻孔里的血、苍白的脸一起构成了木然的表情……《漂泊的荷兰人》，我是在离开德国之后第一次听到。"

告密者西吉斯蒙德·马库斯，犹太人西吉斯蒙德·马库斯，德国人西吉斯蒙德·马库斯，诗人西吉斯蒙德·马库斯，秘密党员西吉斯蒙德·马库斯，男人西吉斯蒙德·马库斯，屠杀犹太人的帮凶西吉斯蒙德·马库斯，犹太人的秘密拯救者西吉斯蒙德·马库斯……是的，这就是他。但同时，哪一个都不是他。

他让我想起，批评家龚特尔·安德尔对作家卡夫卡的概括："作为犹太人，他在基督徒中不是自己人。作为不入帮会的犹太人（他最初确是这样），他在犹太人中不是自己人。作为说德语的人，他不完全属于奥地利人。作为劳工保险公司的职员，他不完全属于资产者。作为资产者的儿子，他又不完全属于劳动者。但他也不是小职员，因为他觉得自己是作家。但就作家而言，他也不是，因为他把精力花在家庭方面。而在自己的家庭里，'我比陌生人还要陌生。'"

九

是什么原因或者动机，使得西吉斯蒙德·马库斯从犹太人、诗人等身份中脱离出来，而成为告密者的？在席哈乌警察局的审问记录中，西吉斯蒙德·马库斯分别在四个时间里回答了这个问题，四次的回答各不相同。"出于恐惧。我觉得他们会叫上我，因为我知道了他们的计划。另外我还处于对陶德鲁斯的厌恶中，他几乎就没干过什么好事儿，却总把上帝的旨意挂在嘴上，和他一起做什么事都觉得恶心。那几个人都曾让我感觉讨厌。""是的，我是犹太人。但在那时，我更觉得我首先是个德国人。我爱我的家乡，我那时认定，刺杀只能将情况搞得更糟。刺杀会让犹太人丧失更多的，我认为。""我想你们不需要再问了，我不知道。也许是因为杜松子酒的缘故，去警察局的那天我喝酒来着。""我觉得是格赖泽尔等人使但泽的生活获得了复活，虽然他对犹太人充满了不必要的敌意——当时我想，灾难肯定会过去的，一切会好起来，是能好起来的，如果这种好起来需要一些犹太人做出牺牲——我也准备做出牺牲，是这样的。"

四种说法，来自于西吉斯蒙德·马库斯的四种回答，不可能同时获得信任。波兰作家亚当·米奇亚克在他著名的《被火焰烧灼：西吉斯蒙德·马库斯的难题》之中，做出了这样的分析：

西吉斯蒙德·马库斯看上去（事实也确实如此）是一个极为复杂的人，但他的行为却要被简单所支配，在他诗人的品性里有一股强烈的巴库斯①情绪，这种情绪常常会使他从严谨和审慎中挣脱出来，而被盲目的热情所支配。

他自己，在很久之后才意识到这一点，大约最终也没有完全将它剔除。

分析西吉斯蒙德·马库斯之所以充当了告密者，至少有三点不容忽视：西吉斯蒙德·马库斯对德国的认识，父亲和母亲的多重影响，对暗杀结果的估计。我们先从父母的多重影响开始。这也许应当算是线中的线，问题的核心所在。

马库斯的父亲是犹太人，母亲是波兰人；再进一步

---

① 巴库斯：希腊神话中的酒神，充满了热情和癫狂。

说，马库斯的父亲是一个曾热情拥戴过威廉二世①也热情拥戴希特勒总理的玩具商，他曾多次到设在但泽的纳粹党党部要求加入纳粹党，并在他的商店里挂出过无数的纳粹党党旗……他的入党申请一直遭到拒绝。这一个热情过剩的犹太商人转而向一个在他商店做工的女工大献殷勤，随后，又在和青年人的冬泳中挥散自己无处发散的热情……他对威廉二世、魏玛共和国、希特勒的拥戴和崇拜肯定会对西吉斯蒙德·马库斯的少年认知产生影响，在西吉斯蒙德·马库斯早期的诗文中可以看出，他向往过青年团的生活，游行、口号和标语。他在诗集《沉潜在水下的鱼》中有不少充满热情的描述当时德国青年团生活的诗篇，像《烈日下的街道燃起火焰》《一瞥》《共和国之光》等。在他那首《他们出现的第五街区》中，写有这样的句子：第五街区被他们的热情感染，显示了力量/只有他们的呼喊如此喧亮/他们走过的街区阳光还在抖动，我站在路口/将剩余的热和爱悄悄地吸入鼻孔。同时，父亲给予马库斯的还有他的热情，对

---

① 威廉二世：德国皇帝，于1888年成为德国第三代霍亨索伦王朝帝王，把德国带入第一次世界大战的核心人物。

于社会事务的热心，虽然马库斯本质上厌恶自己的这个父亲。西吉斯蒙德·马库斯的母亲一直将嫁于他父亲看作自己一生中最失败的一件事，她时常抱怨这是她高贵命运的巨大转折，从此她进入到不幸、厌倦、无聊之中。她对犹太人抱有一种大家所习见的傲慢和敌意，她常说上帝让她嫁给犹太人实际是对她承受能力的考验，所以她一方面厌恶一方面不得不坚持……在潜意识里，西吉斯蒙德·马库斯继承了母亲对于犹太人的偏见，何况有他父亲这样一个教材；在西吉斯蒙德·马库斯的自述性文字中，他父亲几乎从未出现过，他也几乎没有提到自己的犹太出身。当然，母亲遗传给他的还有对诗歌和小说的爱，那个胖女人一直在模仿日耳曼贵族女性的生活，虽然这与她有诸多的不相称。

德国对西吉斯蒙德·马库斯来说首先意味着祖国，意味了在他生长中许多根性的东西，爱和记忆的生长点。从已知的资料来看，西吉斯蒙德·马库斯对德国的认同感远大于作为犹太人的民族认同（至少在离开德国之前和离开不久的时候如此），所以在谋杀（伤害德国）和告密（伤害犹太人与自我良知）之间选择时，西吉斯蒙德·马库斯最终选择了告密。西吉斯蒙德·马库斯和他的犹太师长海涅、卡尔·马克思、拉萨尔有着某种共通，至少在前期如此：他们身上都具有强烈的爱国热情，对德国的品格少有批评，虽然在更多时候他们都将世界当作一体来考虑的。这种爱国情绪会减少部分审慎，它应当不难理解。艾米尔·路德维希①在其《德国人——一个民族的双重历史》中谈道，"在德国人性格中，一切最初的向往总是不明确的，他们有野心却没有把握，像淤泥一样，两个世纪以来沉积在河床上，遇到强劲的风暴就翻滚起来"，"希特勒的策略就在于，对任何事情始终给予一些幻想的余地；这种瓦格纳②式的生活，甚至俘获了那些踌躇不前的人的感情"，"他们总习惯于服从，这使他们不能为自由斗争。他们对自己的上级总是顶礼膜拜，进而和宗教教义协调一致，这就使他们不会开枪射击他们的压迫者"……（作者注：在亚当·米奇亚克的文中对艾米尔·路德维希的引用甚多，这里只选取了很少的部分进行了略写）它有助于我们理解西吉斯蒙德·马库斯的告密行为，更有助于我们对他行

① 路德维希：德国作家，1881 年生于布列斯劳，1932 年入瑞士籍，1940 年后定居美国。著有《歌德》《天才与性格》《德国人》等。
② 瓦格纳：19 世纪德国著名作曲家、文学家、指挥家，欧洲后期浪漫乐派的重要代表人物之一。尼采称他为"德国糊涂虫的天才"。

为的认识和理解。

接下来要说的是西吉斯蒙德·马库斯对于暗杀的后果预见。在审讯笔录中他说"刺杀只能将情况搞得更糟。刺杀会让犹太人丧失更多"。这句话似乎并不包含矫饰成分。以他热情而充满悲观、怯懦的性格推断，他对刺杀行为的预见是：刺杀行为会使德国至少是但泽地区陷入恐怖和混乱，它并不利于问题的解决；同时，刺杀会刺激纳粹乃至整个德国日渐高涨的排犹情绪，使犹太人陷入更加可怕的境遇之中。

以上种种，构成了西吉斯蒙德·马库斯成为告密者的原因，同时也应看到，某些犹太行刺者性格上的缺陷（在马库斯的措辞中，他提到了对陶得鲁斯的厌恶，对其他参与者的厌恶）也影响到马库斯的行为，告密动机也许是复杂的、合力的结果，但行为却可能简单而偶然。

我们有理由相信，西吉斯蒙德·马库斯是带着一种莫名的崇高感走向纳粹警局的，他信任自己行为的正确性，这种正确性超越了"告密者"身份所带来的羞耻——这次成功的、却是远离马库斯预想的告密行为成为他永远无法消除的疤痕，成为烧灼他的心和魂的秘密火焰，让他陷入煎熬之中。

事实，或者说是悬挂在圣心教堂外广场上的尸体，给了西吉斯蒙德·马库斯某种教训，尽管他肯定偷偷为自己行为的"高尚"与"正确"进行过多次辩解，但悬挂的尸体以及失去儿子、男人们的妇女的哭泣还是逼迫西吉斯蒙德·马库斯重新认识，包括认识他自己。很可能就在那时，他发生了动摇，对自己信任的词发生了动摇：他开始对那些词进行根部的挖掘。

亚当·米奇亚克的《被火焰烧灼：西吉斯蒙德·马库斯的难题》长达11万字，和他另一篇文章《审慎的道德》合为一册，命名为《被火焰烧灼》，于1983年在法国出版。我抄录的部分属于节选，并进行了缩写，而《被火焰烧灼：西吉斯蒙德·马库斯的难题》所侧重的不是马库斯的告密原因，它只占了五分之一的篇幅，他要说的是西吉斯蒙德·马库斯一生的内心交战，展示他在悖论和理想中的疑虑、矛盾、绝望与痛苦，那些内容也许会在后面的文字中提到，也许不会。它们太过学理了，会使阅读的趣味减少——保持阅读趣味和保证深度是我这篇文字的两难，我幻想它们能够获得协调、调和，但时常感觉力不能逮。在这篇文字中，亚当·米奇亚克将马库斯和另一名德国人马丁·尼缪勒进行了比较。马丁·尼缪勒是西伐里亚人，一个部长的儿子，一个热情的水手，一个怀有深刻信念的人，一个神学家。他极端虔诚，同时又非常罗曼蒂克和充满爱国主义精神，这种双重性格使他常陷入内心斗争中去难以自拔。双重性或者说多重性在他的行为上也得以彰显，他担任部长期间因拒绝向希特勒宣誓效忠而被免职甚至遭到暗杀、被捕、送入集中营。可战争爆发后，据说，他自愿出来担任潜水艇司令，潜入到大海中去，用鱼雷袭击元首认定的德国的敌人。亚当·米奇亚克说，西吉斯蒙德·马库斯的行为也处处能体现这种性格、灵魂的双重性和分裂感，虽然他们的方向不同。第二次世界大战，纳粹的兴起，让这种双重性浮出水面，也让他们的灵魂烧灼感变得更深。

《被火焰烧灼》一书出版后不久，一名叫劳特·洛克每埃的法国人在《巴黎评论》上撰文，对西吉斯蒙德·马库斯的告密提出了自己的见解。他认为，西吉斯蒙德·马库斯的告密行为远没有亚当·米奇亚克想象得那么"崇高"，而是出于对自己的洗刷，他本意是在向国家和执政者表明，我和其他犹太人不一样，我爱国家也爱纳粹，我一直想和你们站在一起。他说，斯大林在用人上就深谙此道，他的身边多数是那种"有污点"的人，这些人因为恐惧自己的污点被揭出，于是便加倍努力执行斯大林的命令，死心塌地地效忠——西吉斯蒙德·马库斯属于"有污点"的人，这个"污点"来自于他的犹太血统，于是洗刷和遮拦这一"污点"便成为马库斯的重要任务，告密成为他的必然选择。劳特·洛克每埃指出，没有任何证据说明西吉斯蒙德·马库斯是刺杀事件的参与者，他的供词只表明他得知有这一计划——这一计划是否真实存在只能去问上帝了，因为所谓谋杀并没有具体实行，必要的审讯没有进行，那些犹太人便成为尸体被挂在了树上。西吉斯蒙德·马库斯在法国和波兰的作为，只是为了更深地隐藏，如果不是在席哈乌被捕，我们谁也不会将一个积极参与拯救犹太人的人和犹太人的出卖者联系在一起。"他在席哈乌的供词更有力地说明了这一点，他承认自己的告密，承认自己是西吉斯蒙德·马库斯，只有一种可信的证明：证明他在那时为洗刷自己开始向纳粹献媚。"

多年之后，论争蔓延到德国，两种意见各自有不同的支持者。有人指出，劳特·洛克每埃是马库斯参与过的那个秘密组织的一员，他的说法带有刻意的偏见。对此，劳特·洛克每埃予以坚决的否定，"如果说有偏见，那也来自于我对死难的犹太人的理解和同情"。

"劳特·洛克每埃的论断是片面的，他没有深入理解西吉斯蒙德·马库斯内心的复杂性，他不去伸展马库斯心间的褶皱而在理解之前做出了判断。我想，要了解西吉斯蒙德·马库斯这个人，至少要看他写下了什么，都读过谁的哪些书。"（玛加蕾特·鲁施：《站在真实的一边》）

十

那么我们就看一看西吉斯蒙德·马库斯都读过什么书。

瓦格纳《漂泊的荷兰人》《指环》《艺术与革命》

歌德《少年维特之烦恼》《亲和力》《浮士德》《圣经》（马丁·路德译本）

莱辛《扎奥孔，或论绘画与诗歌的界限》

康德

《拿破仑法典》

《格林童话》

叔本华

莎士比亚《悲剧集》《喜剧集》《十四行诗》

瓦格纳《众神的黄昏》《尼伯龙根的指环》

尼采《悲剧的诞生》《查拉图斯特拉如是说》《酒神颂》

弗洛伊德《精神分析与无意识》《无意识随想》

希特勒《我的奋斗》

塞万提斯《堂吉诃德》

黑格尔《美学》

欧里底得斯《美狄亚》《希波吕托斯》

索福克勒斯《俄狄浦斯王》

雨果《悲惨世界》《九三年》《笑面人》

席勒《阴谋与爱情》《欢乐颂》《威廉·退尔》

狄德罗《拉摩的侄儿》《宣命论者雅克和他的主人》

波德莱尔《恶之花》

费·陀思妥耶夫斯基《罪与罚》《白痴》

柏格森

萨特《恶心》《死无葬身之地》

卡夫卡《变形记》《城堡》

惠特曼《草叶集》《沃尔特·惠特曼在美国的实际地位》

……

我想任何人都无法完整地理清西吉斯蒙德·马库斯的阅读史，它似乎可以无限地罗列下去，在这个人身上，具有德国人、犹太人所具有的喜好阅读的品性，即使在战争年代。他是一个很不错的诗人，他和德国、法国、俄罗斯、英国诸多诗人、作家和哲学家、艺术家有过频繁的交往，有资料标明，他还对普希金、巴尔扎克、柏拉图、梅里美、荷马、但丁、维吉尔、薄伽丘、伏尔泰、加缪、济慈、普鲁斯特、麦克里希、里尔克、胡塞尔等人的作品有着广泛的阅读。他还阅读过来自东方的《枕草子》《聊斋》，并为《聊斋》中的氛围感深深着迷。西吉斯蒙德·马库斯曾以《封在果壳里的国王》为题写过两篇小说：一篇是以巴比伦国王查威尔公元211年对察拉尔国的进攻为背景，"出人意料，他的大军所向披靡，很快就将察拉尔的军队击溃，接下来，查威尔只要过了莱士姆河，察拉尔国就将完全地从地图上消失，永远不复存在。踌躇满志的查威尔国王望着他一望无际的大军，下达了一个奇怪的命令，他叫全体将士一起大喊，一直喊到声嘶力竭为止。呐喊声响起来了，就像在耳边炸响的雷，就像山洪的爆发，查威尔国王感觉自己脚下的大地都跟着震荡，让他站立不稳。莱士姆河的流水在喊声中突然断河，在两股汹涌的水流中间出现了一条路来，露出了河床。更让查威尔国王惊奇的是，在山崖上、树丛里隐藏的许多的鸟被呐喊声惊起，它们飞快地直直地朝天上飞去，然后又一只只坠落下来，黑压压地落进了国王的军队里。当呐喊声停歇，河水重新恢复流动的时候，河面上漂着一片一片白花花的鱼，它们被国王军队的呐喊吓破了胆子，死去了。"意气风发的国王说了一句轻狂的话："我想做到的一切都可以做到。我想上帝也不过如此吧！"话刚说完，他就感觉到自己被缩小了，缩进了一枚小小的果壳里面。这虽然可怕，但没有真正地阻止住国王的傲慢，他一次次拒绝为上帝写诗、为上帝弹琴的要求与机会，从果壳里面出来的机会也一次次丧失。直到第二年，一只松鼠找到了这枚果壳，它锋利的牙齿穿过了果壳，国王在惊悸中喊出："上帝，救救我"——他发现自己正躺在床上，身下全是汗水：原来，这只是一个梦，那条河还没有渡过。查威尔国王的傲慢又回到了他的身体，于是他重复了梦中的命令，河流真的又出现了断流，吓破了胆和心的鸟群纷纷坠落。国王沉思了一下，他继续说出了那句轻狂的话："我想做到的一切都可以做到。上帝的力量也不过如此吧！"他的话刚刚说完，就感觉自己飞快地小了下去：在国王的马背上，多了一枚小小的果壳。第二篇小说的背景是中国，忽必烈王正在率兵攻打摇摇欲坠的南宋都城，在攻城的进程中忽必烈王染上了风寒一病不起，致使破城的日期略有推迟。在病中，王总是在做同一个梦：他梦见自己被封在一枚果壳里，被一只鹰叼了起来，向无限的高度一路攀升。这个梦在忽必烈王临终前一天还在继续，他杀了侍卫若干，因为他们没有预见他梦中的寓言和指向。在南宋最后的抵抗被瓦解的那天晚上，忽必烈离开了世界。他没能看见南宋的灭亡。在这个强悍而喜怒无常的人死后，御医和侍卫费了很大力气才打开了忽必烈的手：他的右手里面攥着一枚坚硬的果壳。西吉斯蒙德·马库斯说是东方的《聊斋》和博尔赫斯的《沙之书》带给了他灵感。在一篇散文中，西吉斯蒙德·马库斯还谈到了中国的《红楼梦》，他的评价是：它的文字里面充满了肉感和香水的气息。我不知道中国读者会怎样看待这个《红楼梦》的评价。

在西吉斯蒙德·马库斯的一首诗中（那首诗是用法文写成的，我承认它是对我构成影响的诗歌之一，但遗憾的是由于年代久远，我忘记了诗歌的题目，大约是《沙棘》《在沙和沙之中》《被风吹散的沙》之类），他这样写道："因为热爱/所以不得不成为你们的敌人""风沙都与我格格不入/我有向内生长的刺，但缺少外在的疤痕"——我不知道，它是否能为我们提供某些线索。

一个人的阅读在我看来算是一种隐性的线索，它们会悄悄地参与到对这个人的性格、世界观和处世态度的塑造中。特别是像西吉斯蒙德·马库斯这样的阅读者、诗人。请不要将我的列举看成是毫无意义的罗列。

十一

让·热内在他的《糖里曲奇：一种与甜蜜无关的记忆》中记下了西吉斯蒙德·马库斯相关的细节，他说西吉斯蒙德·马库斯（当时他用的名字是尤素坡夫）因为事务的纷杂和情绪的紧张而将自己弄得精神恍惚，睡眠严重不足，但为了在群众中的演讲，他不得不用一种致幻剂使自己兴奋起来，逐步变成依赖：每次的演讲或者组织内的会议他都必须使用致幻剂或者类似的毒品。"随着他语音的结束，脸上的光泽也像灯一样熄灭，他气喘吁吁，仿佛经历过一场艰难的战争——在这场战争之中，胜利者不是尤素坡夫，失败者似乎也不是。""走下台去的路显得艰难，布满荆棘，颠覆。但尤素坡夫拒绝搀扶。那会让他不快，他让人心痛地维护着自己的某部分假象。"

无独有偶，我在一些资料中得知，热爱演讲的希特勒在演讲或者召开会议时也喜欢使用麻醉剂。他在1937年结识了皮肤病医生莫勒尔，当时他患有大肠炎、轻度肾病和腿部疾病。莫勒尔的治疗似乎全无效果，却一直得到希特勒的宠信，这是因为莫勒尔几乎每天都给希特勒注射兴奋剂，使他保持（至少是在众人面前保持）一种精神亢奋、充满活力的状态。希特勒曾言称，莫勒尔是自己的救星——没有任何证据表明希特勒说这句话是由于莫勒尔对他大肠炎或者肾病的有效治疗。"每次演讲结束时，他已经满脸通红，大汗淋漓，嗓子也哑了。他的手和腿都在颤抖，但为了自己的形象，希特勒会笔直地站着，手扶腰带——他的贴身卫士立即奔过去给他裹上皮大衣，将他扶上车，车门会隔断人们对他的望见。"（详见《元首的秘密》，琼斯·卡尔著）在这点上，我们的诗人西吉斯蒙德·马库斯和元首希特勒有了相像之处。尽管有诸多的不同，但人类流的近乎是同样的血。

他在法国那个秘密组织中的活动我知之甚少，这个组织尽管曾一度庞大，一度公开化，但很快便消弭无形，并且，它似乎从领导者那里就缺少保存真实史料的兴致。这个组织更愿意以一种秘密的、灰色的方式行事，让自己笼罩在一团雾中。因而有学者提出质疑（伯特仑·詹姆斯，英国《独立报》记者，教授）：西吉斯蒙德·马库斯在秘密组织中的位置并不像我们所以为的那么高，他的位置应当类似于某些国家或组织的"新闻发言人"，因为他的诗人气质和良好口才。由于这种"公开化的表演"才使西吉斯蒙德·马库斯凸显了出来。"没有任何秘密组织愿意自己的领导者暴露于公众化的危险中。在那种境遇下，我们有理由推测他根本没有进入权力核心。""在西吉斯蒙德·马库斯身上，我们可以看到他对世界的怀疑和恐惧，也能看到他的表演热情：这两者在他身上同样强烈。"（让·热内曾是组织中的一员，可他并没有更多提供。也许是遵循组织"秘密"的规则，他们一致地不开口说话，用沉默来应对人们的猜度。）

尽管我们不能确定西吉斯蒙德·马库斯在组织中的地位，但有一点却是可以确信：西吉斯蒙德·马库斯利用他在诗歌方面的天才，为这个组织提供了一些特别的规则，形式主义化的规则：他为组织设置了徽识，在这个徽识上，鹰和蛇的对立纠缠被奇妙地组合在一起。他还设置了宣誓的种种规程，并将基督教做弥撒时的内容引入其中。我不知道他是否只为那个组织提供了这些，也许西吉斯蒙德·马库斯有更为庞大、复杂甚至具体的提供，但都未获采纳与保留。伊塔洛·卡尔维诺①在他的小说《树上的男爵》中谈到"我哥哥"柯希莫男爵参加共济会的情况：当"我"进入共济会成为其中一员时，柯希莫已是老资格的会员了，但他同支部的关系不甚清楚，有人说他是"迷迷糊糊"的，有人说他是改信别的宗教的异教徒，有人干脆叫他背教者——据说他是"翁布罗萨东部"共济会支部的创始人，在后来那里保留下来

---

① 伊塔洛·卡尔维诺：意大利作家，1923—1985，著有《我们的祖先》《命运交插的城堡》《宇宙的奇趣》等。

的关于最初礼仪的记载中，可以看出男爵的某些影响：入会仪式上，新教徒被捆好，让他们爬上树顶，然后用绳子吊放下来。在后来，翁布罗萨东部的共济会除了保留男爵定下的礼仪，其余的则将其一点点违反、篡改，慢慢放弃。历史和虚构之间往往会出现重合，虽然小说并不曾试图做任何的预言。

我反对将小说当作预言来看。我也反对将我这篇订有真实契约的文字当成是某种预言：它不是。它只是一个人的历史。

十二

有时西吉斯蒙德·马库斯会陷入沉默中去，他的沉默多少显得与众不同：他会躲在一个昏暗的角落里，不停地和自己说话，带着一种紧张的、可怕的表情。没有人清楚他说了些什么，没有人。在那个时刻他不允许任何人靠近，别人的靠近会对他造成打断，让他陷入更深的沉默中去。他从未和任何人透露过自己自言自语的内容。

有时西吉斯蒙德·马库斯会突然走神儿，将手里的钢笔、钥匙、纸团或者什么物件轻轻抛起，接住，抛起，接住，如此往复。在这个时候，西吉斯蒙德·马库斯的脸上总带着一股淡淡的笑意，他像个孩子似的。

十三

"我生在一个错误的时代。我的所作所为注定是错误的，无论我做的是什么。"这是西吉斯蒙德·马库斯在他《窗前自述》中的开头部分。不知为何，法国企鹅出版社在 1982 年再版时删除了它。是因为它过于明确？和图书出版者的理念格格不入？

……

这篇真实的札记应当告一段落了。我很想在这里再做一次读者调查，和阅读者分享他们的阅读感受——经过认真思虑，我决定放弃。我不相信除了西吉斯蒙德·马库斯的专业研究者，谁会有兴趣一直读到这一章节。自讨没趣是不理智的。

博尔赫斯曾担心他的诗集《布宜诺斯艾利斯的热

情》会缺少读者："我担心这本书会成为一种'葡萄干布丁'，里头写的东西太多了。"这也是我对我的文字所担心的。它写的东西也许太多了。打住。

「夸夸其谈的人」

沙尔·贝洛先生是个夸夸其谈的人，在许多黄昏或者什么样的聚会上，他的夸夸其谈就会派上用场，这是我们重要的节目和期待，甚至是我们这些邻居能够时常聚在一起的原因——他说得有趣，但没人相信。除了唐纳德·巴塞尔姆。然而，唐纳德·巴塞尔姆还只是个六岁的孩子，在那个年龄，他相信的有时太多了。

　　"我们不是为了信才来听的，"卡洛斯先生露着黄牙，他的口腔里总是带着烟味儿，"我们是为了有趣。还有我们的时间。"卡洛斯先生说得没错，我们不是为了信才来听的，我们来听沙尔·贝洛的故事的时候早早地把信推到了一边，专门留出位置给他的传奇。沙尔·贝洛先生有一肚子的故事，讲到精彩处，他会略略地停下来看一眼自己的妻子，仿佛希望从她那里得到赞许。奥康纳女士微笑着，在丈夫讲述的时候她几乎只有一副表情，仿佛这些故事也是第一次听到——她坐在轮椅上。在沙尔·贝洛先生搬过来成为我们邻居的时候就已经如此。她和她的轮椅一起来到我们这座小镇，这给像唐纳德·巴塞尔姆这样的孩子造成了错觉，仿佛奥康纳女士和她的轮椅是一体的，没有离开过。

下面，我们一起来听听沙尔·贝洛先生的故事吧。

我第一次知道我有那样的能力——穿过时间，改变一些事件发生的能力——是在我五岁的时候，和唐纳德·巴塞尔姆先生一样大小，不过那时我可没长出你这样漂亮的虎牙。我有一个漂亮的玻璃玩具，一头健壮的鹿，是圣诞礼物，至今我也不知道它是我母亲还是我的祖父送我的——反正很漂亮，我喜欢得不得了，几乎天天要抱着它入睡，当时，我还幻想为这头鹿建一座玻璃动物园，让更多的玻璃动物和它待在一起——可有一天，一向习惯横冲直撞的马里奥·巴尔加斯表哥来我家里，他是跟在姑姑的屁股后来的，大人们寒暄，他就在我们的房间里蹿来蹿去，玻璃玩具到了他的手上，之后就不见了。他说从没拿过，没见到什么玻璃的鹿，他才不喜欢鹿身上那股臭烘烘的毛皮气味，恶心。大人们竟然都信了他的话——我知道我们的唐纳德先生也遭遇过这类的状况，你说什么大人们都不信，他们实在太固执了，是不是？后来，我一个人出去找，最终在院子里的樱桃树下发现了那头玻璃鹿，它的头已经断掉，摔碎了，更不用说头上的角了——我相信唐纳德先生更能理解我的心情。我都要疯掉啦！我抱着那些碎玻璃，一边喊着一边飞快地朝大门外跑……哦，我也不知道为什么是朝那个方向，是去追赶姑姑的车？还是出于对大人们的怨恨，故意离他们更远一点？……这时候，就在这时候，奇迹出现了，我发现我穿回了刚才的时间，那时玻璃鹿还是完好的，姑姑和表哥还没按响门铃。我要保护我的鹿！我能想到的保护办法就是将它找个地方藏起来。我的确把它藏好了；可那股怨气还在，于是，我来到院子，在表哥去过的树下挖了个坑，倒上水，然后又用土和草叶盖起来——我的伪装还没有弄好就听到了开门声，等我赶回，马里奥表哥正从我房间里走出去，都没看我一眼：不过我看他了，我看的是他的手，他手里没有我的玻璃鹿！不一会儿，他拖着一脚的泥来到饭桌前，那时候，该轮到我不承认了：我没去过院子，没有，你看我的手。刚才，我可是一直在这，莱辛姑姑可以证明。玻璃鹿？它好好的，一直跟着我，跟了我五十六年，没有半点儿受损。

第二次运用……我十七岁，事情是这样的，阿尔贝·加缪医生在出诊的时候遭遇了车祸，他走得过于匆忙，被一辆车挤下桥掉进沟里，摔断了肋骨。看着他的样子，他家人的样子，我很痛苦——这时我想起五岁那年的事儿，也许我能制止它——但这么多年过去了，我不知道还能不能行，有时我也怀疑它是不是真的发生还是幻觉，所以我不敢确定……我藏在院子里。等我确定不会有人打扰到我的时候我就开始奔跑，一次，两次。不行。加上呼喊呢？也不行。唐纳德·巴塞尔姆先生不要着急，尽管当时我也急得不得了。三次，四次，我突然想起……哦，它不能说，这个悬念不能揭开，反正，我想到了，照着那个样子——我又一次穿回到刚才的时间里。我在阿尔贝·加缪医生出诊之前赶到他的家中，当时他正准备出门……我告诉他，克莱斯特祖父不行了，他陷入了昏迷，从呼吸和抖动的表情来看这次接他的也许是死神。哪个克莱斯特祖父？他停下来问我，但马上转移话题，开始询问克莱斯特祖父的病情，病史，服药的情况……突然，医生回过了神，他几乎有些愤怒：克莱斯特祖父？他不是在两年前去世了吗？难道他会再死一次？你怎么可以这样捉弄一个医生，挡在他出诊的路上？时间足够了。即使他是小跑，那辆车也应该早过了桥。我装出恍然大悟的样子，然后是懊悔的样子向他解释，但气哼哼的阿尔贝·加缪医生并不肯原谅我，他把我甩在后面。阿尔贝·加缪医生安然无恙，当然他对我的救命之恩一点儿感激都没有，反而始终认定我是个无聊的、喜欢捉弄人的讨厌鬼。后来，三五天后，我母亲出门遇到了医生，回到家里我听见她自言自语：我怎么记得有人说医生摔着了？明明，他什么事都没有。

你们应当还记得那场和土耳其人的战争……我在劳伦斯·斯特恩将军的部队里。战争打得相当激烈，战场上弥漫着让人忧郁的、刺鼻的血的气息，这股气息吹入了我们的鼻孔也吹进了土耳其人的鼻孔，让我们不停地打着喷嚏。这天早上，大雾，一夜没睡的劳伦斯·斯特恩将军刚刚把作战计划在头脑里酝酿成形，还没来得及记下来便走出战壕，爬到一个由尸骨和枪械堆成的小山上，他想观察一下敌方的情况。我说了是大雾，他看不清对面对面也看不清他，可刺鼻的血的气息让他打了一个大大的喷嚏，这个喷嚏立刻将我们的将军暴露了。埋伏了一夜的土耳其狙击手调过枪口，朝着喷嚏打过去——那可真是一个训练有素的枪手！劳伦斯·斯特恩将军脑子里的计划被打散了，随着他的鲜血喷出来……这可不行！我知道后果，我相信你们也知道后果，对，就连唐纳德·巴塞尔姆也知道！我必须制止它的发生！我只是列兵，不可能靠近将军，对付阿尔贝·加缪医生的办法行不通，那我就……我回到刚才的时间里，飞快地转到狙击手埋伏的地方……在扣动扳机的一霎我犹豫了。狙击手竟然是个孩子，长得和我叔叔家的儿子个头相仿，那一瞬我觉得就是他！这一犹豫也让他发现了我，我只得一咬牙，朝更往前的时间里奔去。我回到九小时前，这也是我能够返回的极限。之后我再也没回到更早之前的时间里去过。那时，雾还没起，只有冷冷的风在吹着，吹得骨头发凉。怎么办？怎样把将军救下来？我尝试靠近将军的营房，尝试把提醒转达给将军的参谋，尝试用种种办法阻止将军在早晨出门……都失败了。这时我发现，大雾开始铺过来了，留给我的时间越来越少，我也不敢保证自己能再有一次回到这个时间点的机会……后来，我灵机一动：将军是要爬到小山上去的，喷嚏会暴露他——有了！我有了想法！剩下的就是努力把想法完成：我抽出一些尸体，把另一些压在下面的尸骨和物品抬到高处去……这可不是轻松的活儿！何况，下面的尸体是早死的战士的，有的已经发臭，在挪动的时候甚至会散掉……我做出一个掩体，然后故意打了一个喷嚏——我的想法是，一旦土耳其的狙击手开枪就会暴露，后面的发生就可避免：可枪没有响。我再次打了个喷嚏，这次更响一些，枪声还是没响。我也不知道为什么枪没响。时间在一分一秒地过去。我听见了脚步声，它应当是我们将军的。怎么办？我那个急啊！就在这时我脚下一滑：原来踩到了一个钢盔！办法来啦！我计算了子弹来的方向，然后趁着不见五指的大雾将一具尸体竖在子弹的弹道上，这当然很难，好在我找到了一些枪支器械，勉强支撑得住——随后，我给它戴上了钢盔。我刚刚将钢盔给那具尸体戴好，将军的喷嚏响了，子弹的呼啸和打在钢盔上的脆响几乎是同时！我的耳朵都快被震聋啦！等我缓过神来，听到枪声的劳伦斯·斯特恩已经回到了指挥所，据说他是爬回去的……不管怎么说，后面的故事你们就都知道啦，将军没死，他打赢了那场战争。对，对对，我和唐纳德·巴塞尔姆知道得一样多。到将军病死，也不知道有我这个人，也不知道我支在弹道上的钢盔救了他的命。他不知道，我也不想让他知道……是的，劳伦斯·斯特恩是个英雄。也许是吧。书上都是那么写的。

沙尔·贝洛先生曾把落水的人救了上来，这对他完全是举手之劳，只要让时间略略地弯曲一下，他让自己回到过去时间里就可以了；沙尔·贝洛先生为邻居找到了丢失的羊，那只羊在进入狼的肚子之前被救下来，考虑到这样对狼很不公平，沙尔·贝洛先生割来两磅牛肉算是补偿；为了得到奥康纳女士的青睐，沙尔·贝洛先生数次返回到过往的时间里，制造偶遇和故事，并借此赶跑了情敌；律师胡塞尔被堵在路上，案件中最最重要的证人在他被堵住的时间里竟然打开了煤气阀门——沙尔·贝洛充分利用可供他使用的九个小时，在律师被堵住的路上提前制造了拥堵迫使胡塞尔先生选择另外的路线，而他则早早赶到证人家里为他隐藏了刀具和手枪，并提前关闭了整个小区的煤气。"回忆真是让人痛苦，"打开门，证人哭得几乎站立不起来，"何况是那样的回忆。每次想起来我都觉得自己要死上一次。"约瑟夫·布罗茨基，一个有些神经质的诗人，他习惯沉醉在遭受迫害的假想里面，这些假想一方面为他的诗歌注入异常和尖锐，一方面也让他不敢见任何人，包括他在被毒蛇咬伤的时候。"我不需要任何人救我"，已经呼吸困难的约瑟夫·布罗茨基却相当顽固，"谁知道他们会给我注入怎样的药剂？谁知道，这条蛇不是他们的花样，把我送入医院也就是进入到任人宰割的境地？"没办法，尽管很是厌恶，沙尔·贝洛先生还是施展了魔法，把蛇从诗人的路边移开……

那，你有没有失手的时候？这是我们的问题，却是经唐纳德·巴塞尔姆的口提出的。

有，当然有，沙尔·贝洛先生陷入痛苦之中：有一次，一名叫卢卡奇或者是叫……卡尔·施密特的矿工（沙尔·贝洛先生把他的遗忘归咎于时间：过得太久啦），在一次井下的透水事故中丧生。而他的妻子则病在床上，家里还有三个年幼的孩子，分别是三岁、五岁、一岁。沙尔·贝洛是在当地的报纸上得到的消息，时间已经过去了八个半小时。沙尔·贝洛先生用尽全部的力气。他把那个卢卡奇或者叫卡尔·施密特的先生拉出已经渗水的矿井，就在他们以为已经平安无事的时候，一辆前来救援的汽车撞在了矿工的身上。而他的妻子，也在当天晚上进入了天堂，她甚至都不知道丈夫去世的消息。"那是我的第一次打击。在此之前，我以为我已经无所不能。是那个事件让我发现其实命运有好多的褶皱，它是弯曲的，对于自己的命令，上帝有至少一千种方式可以补救，而我，只有有限的一种。"接着，沙尔·贝洛讲述了另一个例子：轰动一时的特拉克尔伯爵遇刺案。凶手扮演了崇拜者，他挤在队伍中，那种狂热的姿态迷惑了众人也迷惑了特拉克尔，伯爵甚至探着身子越过一侧的妻子而向凶手致意——这使站在后排的凶手得以向前，和伯爵的距离变得更近——在鲜花的后面，枪口露了出来：一连四枪。特拉克尔伯爵倒在自己的血泊里，他张大的眼睛流露出的不是恐惧而是诧异，他也许想不到，崇拜者和谋杀者竟然使用同一张面目，而且都是贴切的。当时沙尔·贝洛也在现场，他见识了全过程，见识了当时的热烈和随后的混乱——"我想我得救他。"沙尔·贝洛拯救的办法是，将凶手弹夹里的子弹换成了他刚刚吃过的果核。"第一粒果核打出去，就会引起伯爵的警觉，我这样想。当时也来不及多想。"可是，果核并未打出去，它或许在枪膛里被击碎了——不管怎样，效果已经达到，沙尔·贝洛先生以为特拉克尔伯爵已经躲过了此劫，让他没有料到的是，狡猾的凶手飞快地解下弹夹将它丢在地上，而从怀里掏出了备用的另一个——不好！沙尔·贝洛先生一跃而起，然而已经晚了，发现枪口的伯爵正想低头，可子弹偏偏正好击中。"后面的事你们都知道了。它的后果是，几十万人紧跟着的死亡——我只能将它看成是上帝的意志。大家都忽略了果核的细节，甚至都没有谁提过凶手曾换过弹夹。"沙尔·贝洛无法轻松，他的表情里满是痛苦的斑点："我总感觉，是我发动了那场可怕的战争。至少我的疏忽使它没有被制止。"

虽然我们不信（这样的故事让我们怎么能信？），但我们还是配合着沙尔·贝洛，发出唏嘘或者保持沉默。只有一个人例外，不，这一次可不是小巴塞尔姆，而是轮椅上的奥康纳女士，她笑着，像往常一样，只是，似乎带出了大约 30cc 的嘲弄。

她在轮椅上待得太久了。据妻子们打探，她还有患有耳鸣、失眠和糖尿病。然而当沙尔·贝洛先生给我们讲述他的故事的时候，奥康纳太太一直在微笑。她的笑，和蒙娜丽莎的笑很有些区别。

"那，沙尔·贝洛先生，他们说，有一次，你去森林里打猎，遇到了一只鹿，可你的枪里已经没有子弹了。你就把刚吃出的樱桃核射了出去。果核打在了鹿的头上，鹿受到惊吓跑远了。"唐纳德·巴塞尔姆斜着眼睛，他的脸在慢慢变红，"鹿跑远了，跑远了……对啦，想起来啦！后来你又去森林，恰好又遇见了这只鹿！你认出它来，是因为它的头上长出了一棵樱桃树！于是你开枪打死了它，不光吃到了鹿肉还吃到了熟透的樱桃——是真的吗？"

沙尔·贝洛先生摇摇头，不，这不是我的故事，唐纳德先生。它和我没有一点儿关系。

"可他们都说是你的，"唐纳德·巴塞尔姆嘟囔了一句，"他们还说，你在打猎中还遇到了一只狐狸，它长得太漂亮了，就是用最小号的枪弹去打，也很难不伤到它的皮毛。这时你就，嗯……拿出一根大针，把狐狸的尾巴钉在树上，然后折了一根树枝，去打那只狐狸。你把那只狐狸打疼了，它只好从自己的嘴里跳出去跑掉了——你就得到了一张完整的狐狸皮——这是真的吗？"

也不是我的故事。沙尔·贝洛先生再次摇摇头，唐纳德先生，不是我，我没做过这些。不过这些故事倒是精彩。"我以为真是你的呢，"看得出，唐纳德·巴塞尔姆有些失望，"他们总是说你说谎。他们说，你说的那些事儿没有一件是真的，都是吹牛。"

唐纳德先生，你知道我不是说谎就够了。沙尔·贝洛先生拍拍唐纳德·巴塞尔姆的头，有许多人，长到一定的岁数，就变得不可理喻地固执，不肯再相信别人的话，凡是自己眼睛看不到的都不相信……"可是，先生，就连我母亲也说，我遭受了您的欺骗。她可从来都没骗过我。"

我……我确实不能保证我所说的都是真的，孩子。我承认自己有的时候是在，夸张。但它们，都有一个真实的基础，有时为了故事精彩，我是会让幻想和一些枝叶混加其中……但它不等于是说谎，不是。

"他们说，你要是说的是真的，就要当着大家的面回一次过去的时间。他们说，你把布熊找回来只是你碰巧捡到了，而不是……"

回到过去的时间，唐纳德先生，它不能用来表演。再说，我发过誓，不再……至于你的布熊，确实是我捡到的，而不是回到过去的时间里给你找回来的，我也没那样说过，是不是？也许，唐纳德先生，我失去你的信任了。

唐纳德·巴塞尔姆想了想，"不，沙尔·贝洛先生，我还是相信你。我还想听你的故事。"

　　好吧，好，我给你讲一个新故事，这个故事我从来没给任何人讲过，它是讲给你一个人的！

　　——虽然我从不和人谈及我具有返回过往时间的能力，当然那时年轻，在喝了几杯朗姆酒后出于炫耀也许会随口透露一点儿……我基本上是守口如瓶，可这事儿，还是被黑贝尔国王听说了：他有太多的眼线，如果他愿意，一棵树上哪片叶子先掉下来也会清楚地知道。他差人向我传递了一个消息：国王陛下将在格丽别尔花园会见我并向我颁发荣誉奖章。会见那天，天不亮，我就被安排早早来到格丽别尔花园，然而等到上午的十一点钟，黑贝尔国王才在众多戴二角帽的高级军官和外交官的簇拥下到达，那样子，就像一些二桅小帆船在前后颠簸。国王到来的时候我刚刚在一棵树下撒了尿，你知道我已经整整一个上午……他并没有注意到我的慌乱，让他注意到的是正午的阳光，它们明晃晃地晃眼，并且缺少遮拦。"我很了解你，公民……"国王用手遮着太阳光，"你有上帝赋予的能力……"他往旁边跳开一点，避开阳光对眼睛的照射，"公民，我想你需要……哦，公民，公民……"看着黑贝尔国王着急的样子，我问他："国王陛下，我能为您做点什么？""好吧，"国王说，"好吧，你往这边过来一点儿，我请求你这么做，替我挡住太阳，好，就这样……"接着国王沉默不语，好像想起了什么，他转身问普鲁斯特总督："这一切使我想起点什么……想起我读过的书……在书里面……"那时我脑子转得飞快，我想他要说的可能是亚历山大皇帝和哲学家第欧根尼的故事，恰好这故事我读过——出于卖弄（尤其是在国王面前卖弄）的喜好，我对国王说，您想起的可能是第欧根尼，亚历山大询问第欧根尼他能为他做什么，第欧根尼让他挪动一下……"对，是亚历山大同第欧根尼的会晤！"国王点点头，这时狄德罗子爵接过话头儿："您永远不会忘记普鲁塔克写的传记，尊敬的国王陛下。"黑贝尔国王打个手势，表示他终于得到了自己一直在想的话。他用一个眼色示意随行的人们，注意听他说话。"如果我不是黑贝尔国王的话，我很愿做沙尔·贝洛公民！"接着，黑贝尔国王宣布，"我要颁发奖章给你，感谢你为我们国家所做的贡献，希望你能再接再厉。你要为我所用，这是神圣的、伟大的国王黑贝尔的命令。从现在起，公民，你要事事服从我！"

——沙尔·贝洛先生，我想看看国王的奖章！你可以拿出它来，即使你不愿意在别人面前表演穿越时间……

"我将它丢了。"沙尔·贝洛回答，"我将它丢进米尔加夫河里啦。是在米高桥上丢下去的。"

——我不信，你为什么要丢了它？

"因为，为了它，为了黑贝尔国王的秘密工作，我失去了我和妻子最宝贵的珍珠——阿伦特。她是我的女儿。只有九岁，也永远只有九岁。在我女儿那里，时间厚得像一层密封的钢板，她穿不过来，我也钻不过去。"

沙尔·贝洛曾有个女儿，这是真的，他的女儿阿伦特在九岁时遭遇了莫名的车祸，这也是真的——斯蒂芬·茨威格先生向我们证实这一点儿，他可是我们镇上最有名的侦探，虽然在小镇所谓的侦探也只有两个。他还向我们证实，沙尔·贝洛确实曾见过黑贝尔国王，就在国王失去王位的三年前，在苛伦卡尔的档案馆里可查到相关的记载——这能说明什么？要知道黑贝尔国王最大的怪癖就是见一些莫名的人，他时常随机在内务部门提供的人员中选择：工人，农夫，种植园主，无业者或妓女……这种会见往往就是一个摆设，供彰显黑贝尔国王的英明、亲民所用，说不定沙尔·贝洛就是数千数万名随机人员中的一名——我们看不到确切的连线，能让国王的会见和他女儿的死亡联系起来。

"不过，阿伦特遭遇的车祸确实蹊跷。据说车一直停在她上学的路上，直到她出现的那一刻才发动。据说阿伦特在前一刻刚刚遇到了可怕的预兆：一个巨大的广告牌突然倒塌，就在距离她半个身位的地方倒了下去。那辆追赶着她生命的车一直追到一家咖啡馆里，在过程中还曾碰到过电线杆。"斯蒂芬·茨威格看了两眼沙尔·贝洛的房子，此时，它笼罩在一片昏暗中。"可怜的人。开车的人是一个酒徒，喝了近二十杯杜松子酒。"

——他会不会和黑贝尔国王有关系？属于国王的人马？

不是。斯蒂芬·茨威格让自己的酒杯略有倾斜，继续说道，沙尔·贝洛居住的苛伦卡尔市是黑贝尔国王的反对者胡塞尔"发家"的地方，那时胡塞尔对苛伦卡尔已经有相当的掌控力。如果有证据——即使没有证据，只有显得合理的猜度——能够指向黑贝尔，胡塞尔是肯定不会放过的，他们一定会大书特书。可我们所知的是，当胡塞尔成为市长之后，他和他的团体完全忽略了这件事，只字不提。当然，还有另外的证据表明这事儿和黑贝尔国王没有一点儿关系。

"沙尔·贝洛只是胡扯，他的嘴里能够跑出一千只兔子，"托马斯·曼的眼睛里全是血丝，熬夜和酗酒让他看上去极为疲惫，"而你，有心的斯蒂芬先生，竟然跑出那么远去调查他女儿的车祸事件！真是难以置信。他只是喜好吹牛，你就让他胡吹好啦，何况我们都爱听他的那些乱七八糟的故事！他要是，要是能够飞回过去，那，他怎么不去救自己的女儿？不让自己的妻子离开轮椅？怎么让自己过得如此，如此清苦，贫困？……"

是因为另一个案子。我只是顺便查看了一下，而已。这完全是举手之劳。斯蒂芬·茨威格还在摇晃着他的玻璃杯，里面的酒比起刚才竟然没有多少的减少，可怜的沙尔·贝洛先生，对了，他似乎有段时间没有参与我们的聚会了。

"他妻子病了，是另一种病，一种很严重的病——医生说，她生命的烛火已尽，没有太多的时日了。"

可怜的人。邻居们一片叹息，她总是那么安静，得体地微笑着，总是在……她乐于帮助别人。她的身体一直不好，轮椅把她吸住了，我无法想象那种生活，简直是个牢笼。她就像一个影子，你根本无法进入到她的心里去，我想那里会是一片冰窖或者是堆满了苦艾的房子。不，不是，你看她的笑，她的心里不会有冰的存在……"他要是有本事，就别让自己的妻子坐上轮椅！"托马斯·曼突然提高了音调，他打着酒嗝，"让我们见识一下他的超能力！""曼，别说了，我可不想再听到这样的话。沙尔·贝洛是个有趣的人，不是么？他讲的故事给我们带来了快乐，就足够了，我相信沙尔·贝洛先生构思那些故事可费不了少的脑筋！"曼德尔施塔姆夫人插过去，她夺下了托马斯·曼的酒杯。就是，有人跟着附和，我们爱听沙尔·贝洛的夸夸其谈，我们是来听故事的，并没准备相信它是真的。谁会追究《荷马史诗》《堂吉诃德》和《神曲》中的故事是不是真的呢？我们，还是关心一下沙尔·贝洛先生和他的太太吧。

我们，还是关心一下沙尔·贝洛先生和他的太太吧。

在医院里，我们重新见到了奥康纳和沙尔·贝洛先生。躺在病床上的奥康纳终于离开了轮椅，她不像原来的她了，只有那份强聚起来的微笑还勉强有些旧影子。

沙尔·贝洛先生也不是原来的他了，他不再夸夸其谈，只是一个手足无措的、有些秃顶的小老头儿，"她很想再见见你们。"

看得出，奥康纳女士还有些精神。她和我们几个人聊起旧时光，以及在旧时光里消逝的那些，里尔克，布鲁诺·舒尔茨，习惯穿着多条长裙的卡达莱太太，被雷劈倒的山毛榉树，一只叫芭比的狗，还有她停在九岁的女儿。阿伦特是个漂亮的、懂事的女孩，她要是还活着……"这些天，她总是想起阿伦特来。"沙尔·贝洛先生的声音显得干涩，"我，我们没能……"

凶手们。奥康纳女士收敛了笑容，她转向沙尔·贝洛先生，用一种缓慢的语调，你也是。

空气骤然凝结起来……曼德尔施塔姆夫人试图调节一下气氛，她挂出轻松的表情，可这份表情也跟着被冻住了。"唐纳德·巴塞尔姆先生来了没有？"奥康纳女士问。

唐纳德·巴塞尔姆被让到病床前，"唐纳德·巴塞尔姆先生，你不是愿意听故事么，那，你是不是可以请他讲一讲，阿伦特出事那天他在做什么，他在哪里？我希望这次他说的是真的。"

——我，我不是早说过了，我在罗布维萨，去和穆齐尔先生谈一宗照明的生意，你也曾问过他。沙尔·贝洛竟有些气喘，女儿的死我当然有责任，我也很后悔，你知道我也时常想起她，她是我痛苦的深渊……

"那个凶手害了你又害死了我的女儿，可你，还在为他掩护。"

——不关他的事。沙尔·贝洛搓着自己的手，他确是一个作恶多端的人，可我们的生活，我们的女儿，都与他没有半点儿关系。女儿的死，已经是压在我们身上的石头，你知道我们几次搬家都是为了躲开这块石头的重量，可你和我都没有做到。我知道你一直在怨恨我，你希望我的夸夸其谈是真的。我也希望我真的能够，如果能够把女儿从那场可怕的灾难下拉出来我愿意接受上帝的一切惩罚，如果必须，我会自己推开门，走进地狱……

"我有些累了。"奥康纳女士闭上眼睛，"我知道我有些过分。我也知道你其实也挣扎在痛苦中。我没有怨恨，早就不了，我更愿意做的是和你分担。只是，我想在临终之前知道……"

——我……

"算了吧。让这段时间过去吧，让他们也都回到之前的时间里，忘记曾来过病房。让它重来，事情不会这样发生，我也不会再问这个问题。"奥康纳女士再次睁开眼睛，"你要记得漱一下口，免得让我发觉你咬破舌尖后散出的那股腥气。"

「黑森林」

……是传说把我们引到这里来的，黑森林，往前的每一步都意味着冒险，可好奇心让我们走出了至少十步。

　　我们迷路了。四处都是高大的树，而黑森林的路则由石头和草、会飞的落叶，低垂的树枝和风一起构成，由种种神秘构成，于是，我们这些像模像样的探险者，迷路了。

蘑　菇

　　雨下起来了。纷纷下落的雨点落到半空突然停了下来，它们在阳光里旋转一下，把光粘在自己的身上然后落到地上。因此，停顿之后再落下的雨点光彩夺目，就像一团团小小的火焰落下来摔碎一样。

我们打起了伞。来黑森林探险，我们每个人都准备了伞和其他的东西。雨下起来，伞有了用处，让我们为自己的准备感到高兴。

"啊，闪亮的雨点！美的化身，美的破碎……"

这是夏尔的声音。毫无疑问，就是我们的诗人夏尔，他正抬着头，朝着凝在半空的雨点看。他还在抒情："你就化成箭吧，射向我，也射向我的心上人……"

奇怪的事就在那时发生了。我看见从擎出的雨伞开始，夏尔正在变成蘑菇，他的雨伞先没有了，变成了蘑菇圆圆的顶部，而他的脸和脖子也跟着没了，成了蘑菇的柄。安娜和赫斯也正在变成蘑菇，从他们的眼神和我的感觉来看，我也和他们一样。我们变成了蘑菇。

"这是怎么回事？"安娜有些紧张，她现在是一个红色带白斑点的花蘑菇，"我走不动了。"

"你没看到我们都变成了蘑菇了吗？"我说。我想朝安娜的身边靠一靠，给她一些安慰，可我并没有挪动。成为蘑菇之后，我的腿和脚就没了。

"怎么办？我们怎么办？"

没有人能够回答她。就像，我们谁也没有想到我们会在黑森林里变成蘑菇。

雨一点点地下。时间一点点地过去。时间显得相当漫长。安娜不再问我们怎么办了，看来，她已经接受了我们是一些蘑菇的事实。"可是，我们总得说些什么吧，要不然，我会被吓死的。"

于是，我们七嘴八舌，我们说这奇怪的雨点，雨点的构成主要是水而不是光，它的分子式是 H_2O。我们说光的速度，说总是哪一只耳朵先听到雷声，左脑和右脑的分工，前几年的战争和我们的工作。我们说昨天都吃过什么，不知是谁真的不知是谁，他突然提到，蘑菇很好吃。七嘴八舌马上停了下来。

"鸡肉三百克，蘑菇五十克，盐四克，洋葱二十克……细火炖二十五分钟……"

"蘑菇一百克，油菜一百五十克……"

安娜的声音越来越颤抖，虽然我们都变成了蘑菇，但我还是看得出来，她的脸色越来越苍白。"你们说点别的，快说点别的，让我停下来，我受不了了。"

我说。在所有的蘑菇中间我与安娜离得最近，我能听见她作为蘑菇的心跳和呼吸。我说从前有一个男爵，他一生都生活在树上。当然很小的时候他和我们一样是生活在地上的（安娜小声地说不一样现在我们是蘑菇），事情的起因是他们一家人的一次聚餐，男爵的姐姐为他们准备了一桌的蜗牛……

"蜗牛和蘑菇可以一起做，蜗牛肉七十克……"赫斯说还是我的吧，从前月亮和地球距离很近很近，人们拿一根竹竿就可以钩住月亮，然后到月亮上去捞月乳。

"月乳？是一种怎样的奶酪？蘑菇倒入热水之中，七分熟的时候捞出。奶酪二十克，沙拉十一克……算了，别说了。"从安娜的声音里可以听出，她的神情极为黯然。蘑菇是一个巨大的阴影，她被罩在阴影的里面。

我们都不再说话。我一边看着闪亮的雨点一边看着安娜，她肯定需要安慰。我悄悄地向她身边挪动了一点儿，我用了很大的力气。"我们会没事的。一切都会过去的。"我说。我并没有把它真正地说出来。

一只蝴蝶在雨中穿了过去。"哎，蝴蝶，"赫斯冲着它喊，它回了回头，看了几眼我们这些蘑菇，然后飞走了。蘑菇引不起它的兴趣，即使我们喊叫，即使像安娜这样的花蘑菇也不行。

雨点仍然在空中停下，让身体全被各种的光笼罩之后再落到地上，落到蘑菇和树叶的身上。

我看见一片被雨点湿透的树叶正在慢慢地变成蝴蝶，原来，那只蝴蝶是树叶变的，所以它暂时还得是个哑巴——我把我的发现告诉了安娜她们，这使安娜暂时从蘑菇的阴影里摆脱了出来——"我也看到了！"她说，"你们看，那边来了一个人！"

是的，那边来了一个人，他骑在一匹很瘦的马上。

"喂，你好。"

"请你帮帮我们吧，我们是人，只是被施了魔法！"

"喂，你听到了吗？"

可是，那个骑在马上的人没有听见我们的呼喊，尽管他的马走到了我们面前。在黑森林里，地上有一些蘑菇是一件很正常的事，他没有仔细地看我们也是正常的。可他的马却碰到了赫斯，赫斯的脸被划破了，腿被划破了，他尖叫着大声呼喊着，可那个人和他的马根本无动于衷。因为是蘑菇，我们都无法躲避，好在，那个骑马的人很快就过去了，雨点在后面追了他一段路程，然后又返了回来。

"你这个聋子！这个瞎子！"安娜冲着他的背影大喊。

"我们变成蘑菇之后，使用的可能是蘑菇的语言。"夏尔说，"他是听不见蘑菇的话的。"

　　"为什么我们变成了蘑菇，而他却还是人呢？这不公平，这太不公平了！"

　　"也许是因为，我们打了伞，而那个人没有打伞。也许那个人是骑在了马上，他与地面的距离使他免除了魔法。"

　　"也许，他就是黑森林的主人，是他实施了魔法。"

　　当然，因为他没有和我们说话，他究竟是谁我们无从知道，只能猜测。况且，他早就走远了。相对他的话题，我们更应当关心受伤的赫斯。

　　"你感觉怎么样？痛不痛呢？"安娜像一个姐姐，一个母亲，而在此之前，她一直像一个任性的撒娇的孩子。

　　赫斯说已经不痛了，他没事。他自己说他一点事都没有。因为蘑菇的性质他也没有流血。为了缓和我们的紧张，赫斯与我们开了个玩笑，他说多亏那个骑马的人对蘑菇没有兴趣，要是来的是一个采蘑菇的人，那我们就惨了。

　　"我们会被装进篮子里……然后倒进油锅里……太

可怕了！"安娜又开始她的颤抖，蘑菇的阴影又重新回到了她的头上。这阴影也在笼罩我们。

可是除了等待之外我们什么也不能做，什么也做不了。我们现在只能做一只蘑菇所能做的事。那只摆晃的，狰狞的竹篮最终会来，可能很快就会来，剩下的时间已经不多了。

雨不知在什么时候就停止了，我们都没有注意到。雨停了，可空气中还是浮着一些亮亮的水汽，它们被吹散了，然后又聚拢到一起。有一些落叶慢慢地飘起来，这是变成了蝴蝶的那部分，还有一些树叶只变到了一半儿或者一半儿也没到，于是又重新恢复到叶子中去，重新变回树叶儿。它在变回树叶的过程中显得痛苦。

"像一片树叶这样变来变去多好，"安娜叹了口气，"可我们变成的是蘑菇而不是树叶。"

她的话让我心疼。那种心疼的感觉很快传播到我的手上。当然那时我是蘑菇，并没有手，但我知道手在什么位置。

"要是一片树叶，"我说，"要是一片树叶变到一半儿又变回去，怕也没什么好的。"我说，"还不如蘑菇呢，至少，我们大家都在。"

"大家都在。可是我不行了，可是我要不在了。"赫斯当然有理由比安娜更为消极，他的身体被马踏过了，因为是蘑菇的缘故，他不知道自己所受的伤到底多重。"我在发烧。我的骨头被踩碎了。"

"不会有事的。你刚才不是说没事吗？不会有事的，大家都不会有事的。"

"大家放心，不会有什么事的。这样的事儿在童话书里见多了，你们想想，哪一个变成青蛙变成天鹅的人不在最终被变了回来？"

其实，说这句话的人也不放心，他对自己的话缺乏信任。这没有什么效果。或者说，效果恰恰相反，安娜偷偷地哭了起来，她哭出了声来："可我们不在童话里啊。"

夏尔制止了我们，制止了悲伤和阴影的扩大："我给大家朗诵一首诗，是我刚刚写的。我把它记在了我的心上。"

下面就是夏尔的诗。

我是雨中的蘑菇，我有一颗潮湿的心。

它的里面全是水分，从我的眼睛里涌出来……

　　（这时，一只灰色的兔子从树叶的中间窜了出来，
然后消失在另一些树叶之中。）

　　我所爱的人，即使我是一株蘑菇，
　　一想到你，我的心还会跳得像一只兔子——
　　是你的不安带给了我，让我，也这样不安……

　　（安娜说，在最后的时候，在被人当蘑菇采走的时
候，要是有自己所爱的人在一起，那样自己的悲伤也会
得到减轻……）

　　啊，所爱的人，在我最后的时刻，
　　只要你看我一眼，我的痛苦就会减轻……

　　剩给我的时间的确不多了。这我知道。于是我向安
娜的身边靠了靠，我有话要说，那些话一直在我的心
里，它们都快成为石头了。我要赶在成为石头之前，成
为沸水和油锅中的蘑菇之前，死去之前把那些话说
出来——

　　我的脚竟然抬起来了，我的身体正朝着安娜的方向

倾斜。我碰到了她。她呀了一声，也抬起了手——我们竟然又变回了人，魔法似乎是在瞬间就消失了。最后一个变成人形的是赫斯，他的头发多少还有些潮湿，而有一块不大的疤则留在了他的额头上。

"啊，真好，"安娜舒展了一下，她急急地叫我们："我们快走吧，我可不想再在这里待了，人可怕了！"

我们一起朝着前面走去。丢掉了伞。似乎是伞招来了不祥，因为它的缘故我们才变成了蘑菇。我们一直朝前走，可是，所有的路都是一样的，前面的路和后面的路、左边的路和右边的路完全一样，我们不知道哪一条是通向黑森林内部的，而哪一条通向外面。

我们只能一味地向前。

我们走着，紧张不安，急忙地走着。我跟在安娜的背后，在经过树枝和飞起的落叶的时候我就扶她一下。现在，我知道我心脏的具体位置了，因为它的里面装着一块很有重量的石头。

仿佛被施了魔法。

忧郁的熊

"你是我所见到的最忧郁的熊了，"安娜轻轻地拍了一下它的头，"不过，你会好起来的。"我们面对的是一只浑身都散发着忧郁气息的熊，不仅仅是它的表情。它的眼睛忧郁着，它的鼻子忧郁着，它棕色的毛也忧郁着。它站立的姿势和沉思的姿势也忧郁着。我们不得不面对它的忧郁，因为我们是它母亲请来的客人，在它母亲的眼里，像我们这样依靠两条腿来走路的人，肯定是医生或者魔法师。医生和魔法师，在熊母亲看来也是一样的。

"算了吧，我的病根本无药可救。"那只熊只看了我们一眼，就沉入到自己的忧郁之中。

"我们会想出办法来的，你放心吧！"安娜又拍了拍它的头。安娜的自信让我们吃惊，同时也感到有些不安。

"你真的能治好它的忧郁么？"在黑森林的晚上，闪烁着磷火和不知名的火的晚上，我们悄悄地问安娜，在进入黑森林之前，她的身份可不是医生，也没有好好地学过心理学。我们的担心是有道理的。"要是你治不好它的病，它那个野蛮的母亲会将你撕成碎片的。"我说。我的眼前晃过了一枚蓝色的火焰，它突然熄灭了，拖着一条灰烬的尾巴跑到了旁边，然后又重新燃烧起来。

"可我不这么说，我们就都被撕成碎片了，你没看到她的样子！"安娜说，"明天，你们都得想想办法，要不然，我们谁也甭想活着出去。"安娜又说，"不过，那只熊也真是够可怜的。"

那个被囚禁的夜晚我们谁也没有睡好。一是我们得想办法医治那只忧郁的熊，得想办法逃脱熊母亲的囚禁，得想办法离开黑森林，返回我们各自的生活中，这不得不让我们心事重重；二是黑森林里奇异的事太多了，即便是在夜晚。先是赫斯感觉自己燃烧起来了，他听见自己骨头的火焰中发出噼噼啪啪的响声：他的身上真是满是火焰。我们几个人冲过去想扑灭他身上的火焰，然而它自己突然就熄灭了，我们又沉陷到黑暗之中。赫斯没有任何的不适，他什么都没有缺少，包括变成蘑菇时脸上留下的疤痕。就在我们刚刚返回原来的位置躺下时，安娜的身体又被燃烧给笼罩了。在燃烧的游戏结束之后，夏尔听见自己的身边传来重重的鼾声，这声音不像我们任何一个人发出的，何况，在刚刚的燃烧游戏中，我们都紧张着，不可能有谁会这么没心没肺地进入梦乡——于是夏尔的手向声音发出的地方摸去。"干什么？你干什么，不好好睡觉还不让我睡觉，小心我发火。"它真的发出了一团火焰。原来，那是一块很大的石头。"在黑森林里，好像什么都能发光。"

"干脆，我们别睡了，我们想想怎么医治那只熊吧。"

先从根源入手，我们问它，你什么时候感到忧郁的，你为什么会感到忧郁？你看到什么想到什么就开始忧郁呢？

它说，它从出生的那天就开始忧郁了，这是它母亲告诉它的，它相信这一点。有时候，它觉得自己的忧郁是从五岁那年看星星的时候开始的，然后想到四岁时也有忧郁的时候，三岁时自己的忧郁就存在，它不记得三岁以前的事。想自己是什么时候开始忧郁的这件事就常常让他感到忧郁，而不记得三岁以前的事同样让他忧郁。

为什么忧郁？它也不知道，或者说，是忧郁的理由太多让它没有办法说清楚，忧郁具体是从何而来的。它感觉自己的心脏是用忧郁制成的，眼睛也是，骨骼和满身的毛也是，舌头和爪子也是。它说它不应该叫熊，而应当叫忧郁才对，它所能看到的听到的都带有忧郁的气味，让它无法摆脱。

"你想想快乐的事就好了，多想快乐的事！"安娜说。

"可我想不起来。我想不到自己有多少快乐的时候，一想这个我就开始忧伤。"

"那好吧，"安娜说，"我们给你说一些笑话，讲好玩的故事，你会开心起来的！"

赫斯讲的是中国古老的笑话，我们被他的表情和夸张的讲述逗得前仰后合，可是，那只熊根本无动于衷。夏尔给他朗诵了一首《欢乐颂》，那首诗里面充满了热情、阳光、葡萄和快乐的句子，然而那只熊却依然没有快乐起来的意思，它只是换了一种坐姿。"我向你描述了多么美的美景难道你没有感觉？"夏尔问那只熊，那只熊回答他："我能感觉得到。可是它们距离我太远了，它们不具体，不真实。你说的葡萄在你说完之后就消失了，我抓不住它，留不住它。我因此感到难过。"轮到我了。

我一直是一个笨拙的人，何况在熊的面前，在安娜的面前。"我，我给你讲一个树上的男爵的故事。"我说。我还没有讲的时候汗就下来了，而脸也一定涨得通红——"还是我来讲吧。"安娜给我解围。她大概一直是一个善解人意的女人。

她讲的不是树上的男爵，而是卖火柴的小女孩。在她讲到那个女孩划亮第二根火柴的时候，那只熊已经是泪水涟涟。"太悲惨了。我的命运和她简直一模一样。"

"你的命运，你的命运和她有什么相似之处？"安娜有些茫然，"你有个很爱你的奶奶是不是？它早就离开你了是不是？"

那只熊抹着眼睛里不断涌出的泪水，它对我们说对不起，然后默默地走开了。

"我知道是什么原因了！"安娜兴奋地拍了一下夏尔的肩膀，"它缺少母爱。缺少父爱。总之，是爱的缺少使它变得忧郁的！"她没有拍我的肩膀，这使我也忧郁起来，可他们谁也没有看见。

尽管赫斯表达了不同的意见。可这意见对于处在兴奋中的安娜来说，实在是太轻了。它进入不了安娜的耳朵，更不用说进入她的心了。

我们为此付出了代价。

熊母亲静静听完了安娜的表述，它点了点头，然后把那只忧郁的熊叫到自己的身边。它叫安娜将刚刚说过的话重复了一遍。"是不是母亲不爱你呢，我的儿子？""不是，不是这个原因，"说着，忧郁的熊眼里又转出了泪水，"您是爱我的，您一直都很爱我。""那我怎么爱你呢？"忧郁的熊用它那一副忧郁的表情叙述了一些细节。从这些细节来看，我们感觉它的母亲的确是很爱它的，安娜的怀疑没有根据。"现在，你们知道了吧！"

我们为此付出了代价。先是每个人屁股上挨了厚厚的一记熊掌，然后我们被命令推石头上山，推到山顶上又将石头推下来，如此往返，直到天黑为止。至于明天是不是还要推石头，则看熊母亲的心情而定。

晚上。我们的骨头在里面散了，我们既提不起它们，也不敢提起来，那样会使我们散开的骨头无法再拢到一起。我们长吁短叹，像那只熊一样忧郁。

"你们不会想出办法来的。永远不会。"那块曾在昨天夜里发出火焰来的石头对我们说。

"那你有没有办法？"赫斯趴在地上问。我们这些人，好像只有他还有一丝说话的力气。

"没有。不光是我没有，你问问外面的树，兔子和萤光，它们也没有。"

"是不是就一点办法都没有了？"

"那倒不一定。"石头说，"有时，一个病人不知怎么突然就好了，我见到这样的事太多了。这个世界充满了偶然和未知。"

"那么，"安娜也恢复了一点儿说话的力气，"你知道不知道别人是不是有办法，能不能找一个懂魔法的人来，将它的忧郁赶走呢？"

那块石头不说话了。它好像在想，过了一会儿，它吐了一口火焰："我不能说。我就是因为说得太多才被变成石头的。我得记住这个教训。"

鼾声起来了。

安娜对熊母亲说，既然熊儿子不缺少母爱，那就是缺少爱情。"它需要爱情。您得为它找一只母熊。"

安娜的这个建议相当有效，我们不用再推石头了。我们和那只忧郁的熊待在一起，而熊的母亲则出去找熊去了。她要给儿子找一只漂亮的母熊回来。

"但愿它能把一只母熊给带回来。"

那只忧郁的熊看了我们一眼，"没有用的，我知道这没用。"它说："我厌恶熊，所有的熊，包括我自己。我会同情一只熊，怜惜一只熊，但不会真正的爱它。"

"可是，可是你没有反对你母亲啊。"

"我要是反对它，你们不是还得推石头么？我要是反对它，你们会永远待在这里的，你们没有可能再离开这里了。现在，你们走吧。"它给我们指了一个方向。

"那你的病，其实，这也不是病……我不知道怎么说，反正你不要我们帮你治了么？"安娜说。

"我的病。"那只忧郁的熊抬了抬头，"我的病只有死亡能治好它。每天晚上我都出来看星星，它那么浩大，那么寒冷，那么孤单。它像我，只是我的生命会比它们短得多，就是，像一种简单的虫子。……"那只熊挥了挥手，"你们快点走吧，等我母亲回来，你们就来不及了。"

在分手的时候，它低下头来吻了一下安娜："你是一个可爱的人。现在，你会成为我忧郁和悲伤的一部分，我会记住你的。"

路上，安娜一脸忧郁的表情，她的鞋子胡乱地踩着地上的树叶、虫子和一种黑蛇的尾巴。

　　路上，安娜显得心事重重。一只飞到她面前的蝴蝶被她伸出的手打到了地上。那只蝴蝶艰难地变回了树叶。

　　路上，安娜的脸变红了，眼睛变红了。

　　我悄悄地跟着。我悄悄地拉了一下她的手，"你怎么啦，"没想到，我轻轻地一拉她就爆发了，我轻轻地一拉，她眼睛里晃动的泪水就涌了出来："你别碰我。"

　　我尴尬地站着，其他两人也围了过来，他们也看见了安娜泪水。"你怎么啦？"

　　安娜冲着他们笑了笑，在笑容中，泪水流入了她的嘴里："离开那只忧郁的熊，我觉得有点伤心。"

　　"它把忧郁的一部分给我了。"

蜘蛛的戏剧

　　我们又遭遇了一场那样的雨，好在，这次我们已经取得了经验。我们没有了伞，并且在雨刚刚落下的时候就早早地躲到了高大的树和层层的灌木之下。只有很少的雨点落到了我们身上，落在身上的雨点也不构成什么，它只是亮了一下，然后就消失了。

"如果不是怕再变成蘑菇，出去淋一下雨应当不错。"

我急忙制止了安娜，"不，你不能去。这样太冒险了。"

"我并不是说真的要去，"安娜突然尖叫起来："看！蜘蛛！"

顺着她的方向，我们都看到了蜘蛛。它们大约有十几只。它们正在忙碌地结网，网上被雨点砸出了太多的破洞，为了补上这些破洞它们只得反反复复地忙碌，然而雨点是那么的层出不穷。

"你们好，新人类。"其中的一只蜘蛛停了下来，它冲着我们抬了抬它的前两只手。因为停了下来，它的网就被雨点给彻底地打断了，它落在了一根枯死的树枝上。"我早就注意到你们了，新人类。"

这时一只比它个头更大的蜘蛛冲着它喊："快去干活儿！偷懒是会让你付出代价的！"那只蜘蛛因为训斥这只蜘蛛也不得不停下了手上的活儿，它的网也被打断了。

"训斥别人也是要付出代价的，"最后停下来的蜘蛛声音很小，它似乎只想让我们听见。

"我刚才听见那位女士尖叫了。不用怕。知道我为什么叫你们新人类么？因为我们原先也是人类，可因为我们的智慧和黑森林的魔法，现在我们不是了。"

"快来织网！懒惰对于生活来说从来无益。"大蜘蛛也爬到了枯树枝上，一个雨点打在了它的头上，雨点在它的头上发出了一片摇晃的光，从我的方向看上去，那只硕大的蜘蛛就像一个移动的烛台，而雨点像是蜡烛的火苗。

"欢迎你们，新人类，"它说。它将刚才的那只蜘蛛挤下了枯死的树枝，然后自己穿入了雨中，继续织它的网。

雨点仿佛就是为了撕毁蜘蛛的网而来的。它们能轻易地把网弄出个洞，层出不穷的洞。蜘蛛的忙碌看上去根本无效，它刚刚补过的洞只要一转身雨点就会重新砸出一个来。

"它们真傻。还说是因为什么智慧才变成蜘蛛的，我看，和它们自己说的大约恰恰相反，是因为愚蠢的缘故。"赫斯用只有我们才能听见的声音对我们说。我们交换了一下眼色，我们表示了对他的赞同。

"你们肯定觉得我们这样很傻，"最先和我们搭话的那只蜘蛛踩着一条蛛丝荡了过来。"其实我们都知道这样没用。可它是打发漫长的时间的一种方式，练习自己织网能力的一种方式。"

"那你们，你们为什么会变成蜘蛛呢？"

"我已经说过了，因为智慧和黑森林的魔法。"它又荡着蛛丝向远处走了。

"可我们之前为什么变成了蘑菇而不是蜘蛛？"她问我们。安娜看着我们的眼睛："他们和我们有什么不同的呢？"

……

晚上，我们被邀请观看它们的戏剧。来到露天的剧场，我们看见有六只硕大的蜘蛛正在忙碌着，它们在两棵树的中间织出了一张很大的网。这张网和平时的网不同，它们是云形的，丝也织得很密，看上去就像剧院里台上的帷幕。这时又有几只蜘蛛加入了进来。它们带来的是一种闪闪发光的虫子，这些虫子被放置在网的四周，很快，它们就被蛛丝包裹了起来。虫子在蛛网中挣扎，它们的挣扎使它们身体上的光越来越亮。所有的蜘蛛都退了下去。帷幕一样的网被虫子的光照亮的时候，有两只蜘蛛趴在了蛛网的中间。"它们什么时候上去的？

还是，它们原来就在网上？"安娜悄悄地问我们，她的眼睛朝着蜘蛛的方向。"我不知道。""我没看清楚。"我们用同样低的声音。戏剧已经开始了。

……你期待什么？你总是等待最后一分钟的。

最后一分钟。希望迟迟不来，苦死了等的人。这句话是谁说的？

你干吗不来帮帮我？

有时候，我照样会心血来潮。跟着我浑身就会有异样的感觉。我怎么说好呢？又是宽心又是……又是……寒心。寒心。奇怪。毫无办法。

什么也没有。

给我看。

什么也没有你看什么？

……

"我知道这个剧本，我知道，"夏尔表现出了兴奋，"它们竟然编排了这个人的戏剧！真是不可思议！"

"这是一出什么戏？我怎么看不明白？"安娜问，看得出，她也被夏尔的兴奋感染了，她的眼睛里闪着一种流动的光。

"是萨缪尔·贝克特的！是《等待戈多》！"

这时戏剧还在继续上演：

怎么——我希望我们的话并不叫你腻烦——怎么在四个写福音的使徒中只有一个谈到了有个贼得救了呢？四个使徒都在场——

一只蜘蛛是悬在我们的背后，它叫了我们，我们猜测，它应当是最先和我们搭话的那只："你们知道萨缪尔·贝克特？"它声音里带出了一丝的傲慢。

夏尔听出来了。"要知道，这是我们，也就是说，按照你们的说法，是新人类的戏剧。这没什么好奇怪的。"

"哦，"那只蜘蛛收敛了一下它的傲慢，"要知道，在我们变成蜘蛛的时候，他的戏剧还没有能够上演，我们只得到了这个剧本。"

因为这出蜘蛛的戏剧，因为夏尔说出了作者和剧目，我们和那些蜘蛛的关系一下子近了很多，我们受到了它们的重视和优待。那些"充满智慧的蜘蛛"（这是安娜的叫法，而它们自己叫自己旧人类）请我们留下来多住几天，甚至，它们还邀请我们参加它们的戏剧排练，和它们一起演出。

"好的，没有问题！"安娜点了点头。她回过头来看了看夏尔和赫斯，他们也跟着点了点头。轮到我了。

我感到一种莫名的孤独。"我们还是早点离开吧……当然，你们要是想留下了我不会有任何的意见。"后面的话并不是我想说的，可是我不能不这样来说。

"安娜，我是害怕你有什么危险。我们得早一点走出黑森林。"我还有没有说出口的话，就是在蜘蛛们和我们亲切起来的时候，安娜和夏尔的关系在我看来也显得密切了。

"既然你也没有意见，那我们就留下来吧。"安娜说，"能登上舞台，把自己打扮成一个公主，可是我的梦想啊，我太想演戏了！"

我们留了下来，留在了黑蜘蛛们的中间。安娜和夏尔加入到蜘蛛们的戏剧中，有时，赫斯去给他们当一会儿观众，或者跑跑龙套什么的。我被搁置在一边。因为我对戏剧没有太大的兴趣，特别是由夏尔和安娜共同参与的戏剧。我躲在森林里的树脚下，给自己编故事。一根松针我可以想象成一个骑士，一个贵妇人或者是一个小丑。我拿着它在眼前晃来晃去，这时，一只蜘蛛悬在我的面前。我吓了一跳，同时感到有些羞耻。"我什么也没干。"我对它说，"黑森林的所有的东西都那么奇特，包括松针。"

从那天起，这只蜘蛛成了我个人的朋友，它说它对戏剧也没有太大的兴趣，它关心的是物理，它更爱物理。它为我讲解，在黑森林里，雨点的分子构成不是 H_2O，而是 CH_2O，里面有碳的成分，因此在下降的时候它们会在空气的摩擦中燃烧，而在燃烧的一瞬间，雨点的重量突然变轻，于是它们才会在空中悬浮一会儿才落下。它说，它现在研究的是黑森林中魔法的形成，它希望能够解开其中的秘密。它给我讲解枯死的树叶变成蝴蝶的过程，这需要一些复杂的运算和大量的公式，于是，它在地上飞快地运动着它的八只脚计算起来。开始我还在看。后来我慢慢地睡着了，等我醒来时已是傍晚，地上只剩下一大片算式，而那只蜘蛛已不知去向。后来我在一公里以外的一片草地上又见到了它，它还在继续运算。"对了，你要我算什么呢，你给我出了一道什么题？"它抬起头来问我，"这个问题真是复杂。"

我不懂运算。我看不懂它的公式。可这，并不妨碍我们成为朋友。

一天早上，诗人夏尔看着树叶上的露水和包含在露水里的阳光，诗兴大发：

啊，露水！时光的露水！我对你追问！
你的方向是时间的方向，是流动的方向……

他没有看到蹲在另一片树叶上的蜘蛛。或者，他看见了，可这并不影响他的感叹。

"时间是什么？假设你不问我，我是明白的；假如你问我，我就无法回答。这是一个叫圣·阿古斯丁的人的话。"那只蜘蛛打断了夏尔的继续。

"亨利·柏格森说，时间是形而上学的关键问题，如果这个问题得到解决，那么一切问题都可以迎刃而解。"

"诗人布瓦洛有句关于时间的诗：时间流逝于一切离我远去之际。"

"时间：一个人的一生不能两次跨过同一条河流。"

"去年今日此门中，人面桃花相映红。人面不知何处去，桃花依旧笑春风。"……

我们的诗人夏尔张大了嘴巴。他的脸上浮现出一种挫败的感觉，尴尬的感觉和恼怒的感觉。我感到兴奋。我走过去，拍了拍夏尔的肩膀："打败它，夏尔。我相信你。"

"普，普罗……普罗提亚……"

"是普罗提诺。他说，时间有三个，这三个都是现在。"蜘蛛一边说着，一边从树叶上慢慢地爬走。它拖着自己肥大的肚子，看上去有些吃力。

接下来，可爱的安娜也遭受了挫败。在排练《罗密欧和朱丽叶》时，安娜没能争上朱丽叶这一角色，她是朱丽叶身边一个可有可无的使女，也就是说，她是一只蜘蛛的使女。出于礼貌和其他的原因，安娜表现出了相当的顺从，这和她的性格形成了对照。后来，在排练 T. S. 艾略特的《大教堂凶杀案》时，安娜又从合唱队里被挤了出来，原因是，她没能很快地记住那些大段的台词。安娜只好站在蜘蛛们的幕后，为它们的舞台扫净落叶和灰尘。那时夏尔也早就不去了，赫斯也不去了，我们三个人和我的蜘蛛朋友，我们天天在打扑克牌。安娜没告诉我们她已经沦落为勤杂工，她告诉我们的是，她将是朱丽叶，她将和罗密欧上演一场感天动地的爱情。她不停地背着台词，直到很晚。她拒绝我们去看，她说，你们还是打牌吧，看到彩排之后再看演出，惊奇的感觉就没有了。"我告诉你们，谁也不许去看！除非正式演出的时候！"

可爱的安娜和可怜的安娜，以及委屈的安娜。让人心疼的安娜。怀揣秘密的安娜。

那天安娜去得早了一些，她没有去扫落叶和灰尘，而是在一个角落里坐了下来。树叶高过了她的头。

这时，她听见了两只蜘蛛的对话。

"那些新人类真是无知。"

"是啊，他们什么都不懂。真可怜。"

"还自以为是。在排练的时候，跟他们简直无法配合，没有表演的灵性，还总记不住台词。"

安娜的心疼了一下，她悄悄地缩了缩自己的身子。

"他们的样子长得真难看。刚来的时候还没有察觉，后来越看越觉得，真是。"

"身子那么长。脖子和脑袋子那么大，可肚子却那么小。哈哈，你看那个叫安娜的，她的胸前竟然有两个……真恶心！"

"她还想演朱丽叶呢！她只有两只手，两条腿，那么不匀称，一点儿的美感都没有……"

安娜终于忍无可忍了，她挥动着扫帚从暗处跳了起来，朝着蜘蛛和蛛网的方向打去："打死你们这些难看的蜘蛛！打死你们这些大肚子虫！"

在离开的路上，安娜的气愤依然汹涌："它们竟敢说我难看。这些恶心的大肚子虫。""它们的样子真是恶心，一想起来我就想吐。""那些笨蛋！大肚子的笨蛋！要不是你们拦着，我就将它们一只只全部打死。"

这时，一只蜘蛛拽着它的丝落在我们前面的一片树叶上。

"打死你！"安娜不由分说。她的怒气全部用在了自己的手上。

那只蜘蛛急忙跳向另一片树叶，然而它还是慢了一些，它背后的丝被打断了，于是重重地摔在了地上。

我们制止了安娜的继续。"这是我的朋友，"我说，其实在我看来所有的蜘蛛模样都一样，我并不能确定，它是不是那一只。"它和它们不一样。"

"我是不一样。"那只蜘蛛艰难地爬了起来，它的一只爪子被摔坏了。"我是想告诉这位漂亮的小姐，我觉得她漂亮，而所有的蜘蛛都不漂亮。"

它的赞美起到了作用。安娜俯下了身子："你真这样认为？你是不是摔疼了？真对不起。"

它说，它是真的这样认为，因为它是由人变成的蜘蛛，它悄悄保留着人身上的一些东西，"它们其实也不是看不出你的漂亮，恰恰相反，它们看得出来。"

"那为什么它们那么说我？"

"总不能让我们都厌恶自己吧？你们走了，我们还得过蜘蛛的生活。"

这时夏尔走过去：如果你想要变回人类的话，有个方法也许可以试一试。

"什么方法？"蜘蛛的眼睛亮了一下。

夏尔说，我并不能确定它一定有效，因为我们只有变成蘑菇的经历而没有变成蜘蛛的经历。不过也许有用。一是你们在变成蜘蛛之前肯定是带了什么东西的，就像我们带着雨伞一样，丢掉那些东西也许就会变回人类。第二点，就是找个有阳光没有雨点的地方晒干自己身上的水分。我们成为蘑菇的时候就是这样，淋湿我们的雨点被阳光晒干了，我们就慢慢恢复了过来。夏尔说，你们之所以一直没有变回人类，大约是出自蜘蛛的习性，总在阴潮的地方捕捉小虫的缘故。

"别等了，你先爬到树顶上去试一试。"安娜催促那只蜘蛛，它似乎在犹豫。

"试一试吧，就是不行也不会丢掉什么。"

"对，你先试一下，这有什么关系？"

然而那只蜘蛛还在犹豫。它朝着树梢的方向望了几眼，"我得想想。"

"这有什么好想的，还想什么？"安娜伸出了手，她想抓住那只蜘蛛将它放到有阳光的高处——

蜘蛛躲开了她的手指。它拖着自己的伤腿，朝着阴暗的树叶中隐去，"我得再想一想。"它没了，它从我们的眼前消失了。

镜子，镜子

"你们得好好地想想办法。我们得出去。我不想一直待在这里，变成老太婆，更不想变成蘑菇、蜘蛛、黑熊或者该死的石头。"安娜开始抱怨。她已经不止一次地这样抱怨了。

"你不能认为石头该死。我们成为石头，已经够不幸了。"一块巨大的石头说。它本来是藏在一些树叶下面的，现在，它用身体上的火焰使自己显现了出来："石头也有活下去的理由。"

"对不起，我说错了。可我不是有意的，"安娜向那块石头俯下了身子，"请问你是不是知道通向森林外面的路？你是一直待在这里吧？"

"来到黑森林的人都想要出去。后来，就都不再想了。"那块石头收敛了它的火焰，它闭上嘴，变得沉默起来。那些并没有变成蝴蝶的树叶却纷纷地飘了起来，像一块毯子一样遮住了它。

"如果你知道，就请你告诉我。"

"我希望你能告诉我。"

"你到底知不知道？"安娜的耐心在一寸寸变短，我听到她喘气的声音，这声音越来越急，越来越重。可是，石头并没有理会这些，它甚至发出了鼾声，鼾声从树叶的下面弥漫过来。

"你到底知不知道？"安娜挥动了她的手。那些覆盖于石头之上的树叶纷纷地被她扫到地上，那些树叶发出一阵阵尖叫，它们落下来变成了一只只甲虫。这些甲虫运用着它们众多的黑色的腿，向四处飞快地跑去。我和赫斯追上去，用脚将几只跑得太慢的甲虫狠狠踩碎。它们被踩碎前的尖叫实在难听多了。

"你们不能这样。你们会付出代价的。"

"你必须告诉我离开黑森林的路。"安娜甩了甩她的头发，她的脸上露出一丝凶狠的样子来："即使你说出来，也不会第二次变成石头，可是你不说，哼，你不说，我会让你连石头也做不成！"

"好吧。"石头叹了口气，它身上的火焰变成了另一种颜色："好吧，你们就跟着镜子走吧，它能告诉你正确的方向。"

"可镜子在哪里呢？"

"镜子怎么走？它有脚么？它会走出黑森林么？"

"我们怎么才能找到它？……"不光是安娜，我们也有许多的问题，可是，那块石头又不再说话了。我们又听到了鼾声，它的鼾声大得像雷。

我们离开了石头。踩着落叶、草茎和泥土，我们朝着一个远方走去。我们要寻找一面镜子，可我们不知道它在哪儿。它也许会藏在草丛中就像是一只兔子，也许像蝙蝠那样倒悬在树枝上，或者像奔跑的鹿、像松鼠、像猴子。在黑森林里，镜子肯定不是一般的镜子，它的身上被附着了魔法。

　　……一天的时间很快就用完了，黑森林里的一天。黄昏在不知不觉中来到我们身边，这一天当中最短的时光，它只黄了那么一下两下，就把自己交给了夜晚。我们没能找到我们要找的镜子，好在我们知道，在所有童话里要寻找的东西不会那么快地被你找到。尽管如此，我们还是感到疲惫，除了夏尔。站在黄昏的最末端，夏尔的情绪似乎没有受到疲惫和失望的感染：

　　这个可爱的黄昏，树叶正在悄悄地变成蝴蝶
　　啊蝴蝶的翅膀！啊翅膀！
　　上面的花纹来自于花朵，上面的绒毛粘住了梦想……

　　（这时，一片树叶落在夏尔的头上）

　　梦想可能是雨，或者坚硬得就像树叶
　　啊，它的上面有虫子的斑痕……

"我的梦想是回家。现在我只剩下一个愿望了。我才不管它是雨点是树叶还是虫子呢。"安娜将一片树叶丢在地上，它没有变成甲虫也没有变成蝴蝶，它还是树叶，只是上面的颜色有了一些改变。她似乎对夏尔的抒情有些小小的厌倦。

我张了张嘴，我感觉，我的嘴里也有一团火焰。这时，我突然看见了，我的心一下子变得巨大，它跳得那么剧烈——

"看！！快看！镜子！"

我用激动的手指指给他们看。顺着我手指的方向，那里有一大片雾蒙蒙的露水。它们悬浮着。它们像一群在黄昏里嬉戏的虫子，相互追赶着，相互分散又相互聚拢。在聚拢的时候，露水们就有了镜子的模样，它能够照见黄昏里树梢上的光，树木的影子和鸟飞过的痕迹。"这，这应当就是镜子，就是石头说的，那面镜子！"

我们看着，在黄昏里渐渐暗下去的这面镜子，怀揣着自己的心跳。在空中，它悬浮一会儿就会突然地破碎，恢复成雾蒙蒙的露水；然后，它们又相互追赶着到另外的地方重新成为镜子。 "还等什么？我们还不快点！"

这面露水的镜子一直和我们保持着距离，无论我们跑得多快。好在，它也并不急于跑远。然而我们看到这面镜子的时候已是黄昏。只跑出了几步，我们就追到了晚上，天越来越黑。

镜子消失在黑暗中了。它不像雨点那样发光，不像石头那样发光，不像树叶和蜻蜓那样发光，在黑森林里，不发光的事物少之又少，可是，这面露水的镜子就是。它消失在暗处。

"现在，我们该怎么办呢？它跑到什么地方去了？"安娜坐在地上，疲惫和失望同时压住了她，她哭了起来。"我回不了家了。我的妈妈不知道怎么样了，还有我的樱桃树，我的猫。我的布娃娃们。"

一向任性和快乐的安娜，她哭了起来。她勾起了我们的忧伤，她感染了我们的忧伤，忧伤就像一种溢出的水流。我们都不再说话。我们听着安娜哭泣的声音。

在黑暗中，我悄悄地向她的身边靠了靠，靠了靠。我的手指碰到了她的衣服——"明天，"我用沙哑的声音说，"明天我们可以继续找，我们肯定能够找到它的。"

"我，我们在一起，"我咽了一口唾液同时咽下了自己的心跳，我对安娜说，"我们都在一起，这就没有什么可怕的了，是不是？"

我没有听到安娜的回答。她的眼睛和心思应当在别处。在黑暗中，我看不清这些。

第二天，有一个相当晴朗的早晨。那么晴朗的早晨没有一丝的露水。那面由露水组成的镜子不见了。它要么已经乘着夜晚的黑暗悄悄地溜走了，要么就是被蒸发掉了。它们没有留下任何的痕迹。

"现在怎么办？我们现在怎么办呢？"安娜显得手足无措。"也许……"我说。我能说什么？

"你还我镜子。"安娜哭着，不知道她的这句话是对谁说的。"你还我镜子。"

我们只得不说话。我们只得，等着安娜的忧伤自己过去，这时任何的安慰都不会有什么效果。

"你说镜子？你是说镜子么？什么镜子？"

"镜子当然是镜子。你肯定会说谎，说你见到了她的镜子。"

"我没有说谎。我从来都不。我只是问她的镜子在什么地方。"

声音来自于一棵高大的树上，它飞快地降了下来：是两只松鼠。它们在降下来的时候争吵还一直没停。"我最看不得别人哭了。"其中一只尾巴硕大的松鼠说，他递给安娜一枚发热的松果："我可以帮你找啊，你说，镜子丢在了什么地方？"

"你别听它瞎说。它最爱说谎。"后面的那只松鼠说。它的尾巴比刚才那只短了许多，而且，它有两颗向外长着的牙。

听过我们的叙述，那两只松鼠在树上捂着肚子笑了起来，它们笑得前仰后合："哈哈哈哈真是笑死我了！""你们上当了！你们竟然相信石头的话！"

"你知道为什么它们会变成石头么？因为它们总是说谎。"

"不，它说的不是真的。谁要是泄露黑森林的秘密才会变成石头！"

两只松鼠又开始了它们漫长而混乱的争吵。在间歇时候，那只长尾巴的松鼠转向了我们："还是我告诉你们吧，谁叫我有一颗好心呢。"

"不要！"另一只松鼠急忙制止："你再说谎就会又变成石头的！"

它甩开了另一只松鼠的手，"没事。"它说，"你们不要总想着出去，这样不是挺好么，习惯了就行了。哈哈，这和没说一样，你们要听的不是这个，对不对？"它卖了一个关子，等我们一一都点过头之后，它说："要说镜子，黑森林里到处是镜子。我们刚才经过的那片湖泊也是镜子啊。湖边上有个人，他的眼睛也是镜子啊。黑森林木身也是镜子啊……"那只松鼠突然停止了，它沉沉地叫了一声，从树上重重地落到了地上。我们看见，它已经变成了一块灰褐色的石头。

"我说过不要你瞎说！我说不要说谎！"那一只松鼠从树上也跳了下来，它恶狠狠地看我们一眼："哼，现在你们满意了吧，它只能在这里了，它不能再在树上跳上跳下了。"

"对不起，"安娜说，安娜的泪水又涌出来了。我们也走过去，对那块石头说，对不起。

"没事，反正也不是第一次了。我总是管不住自己的嘴。"变成石头的松鼠似乎已经习以为常，"索性，我就告诉你们吧，那块石头真的欺骗了你们。石头的话一般来说不能信。"

"你不是石头么？"短尾巴的松鼠冷冷地看着我们。

"我只是说一般。那块石头它本身也是镜子，它也有镜子的性质。在黑森林里，所有的物体都具备镜子的性质。你们也有。你们得记住：在镜子里面，左右是相反的，一切都是相反的。"

"它又在说谎。"那只冷冷的松鼠跳到了树上，它用一种更冷的语调："你们不要相信它。"

……

变成石头的松鼠说，你们要找的不是镜子而是湖泊。它说，你们要找的也不是湖泊而是在湖边的那个人，他也许知道得更多一些。他一直在水边，一直往水中看，仿佛水是他的情人。

"湖边根本没有你所说的那个人。那里只有一群有翅膀的羊。"

"你不要总想打断我。你听我说。"那块石头显示出不耐烦："那个人存在，已经有许多天了，他一直都在那里。他在看湖泊。他看湖泊，是因为他受到了魔法的控制。据说控制他的是一枚有魔力的珍珠。"

"珍珠和湖泊有什么关系？湖泊又不是珍珠！你又在胡说！"

"你能不能不说话？"石头生气了，它跳了一下。"那枚有魔法的珍珠原来是这个男人的妻子的。因为魔法的缘故，他一直深爱着自己的妻子。后来，他的妻子死了。这个男人一直不让别人安葬他的妻子，他就那样一天天守着已经腐烂的尸体发呆。这样下去不是办法，肯定不是办法。后来，他的一个邻居发现了其中的秘密，邻居从女人的尸体旁捡到了这枚珍珠——你们猜，后来怎么样了呢？"

我说，我知道。我看了安娜一眼，又看了夏尔一眼："那个男人从此离开了妻子的尸体，而死心塌地地爱上了他的邻居。没办法，他的邻居只好将珍珠丢进了湖里。于是，那个男人就爱上了湖水，一步也不想离开了。"

"哈，哈哈，怎么样，你还是在说谎吧！这个人根本不存在，它是在故事里的，是在童话里的！"

"那个人真的在！我发誓我说的是真的！我在湖边看到的就是那个一天天望着湖发呆的人！"

"你就是说谎！"

"我从来都不说谎！"

这两只不停争吵的松鼠，它们的话让我们更加矛盾，让我们更加失去方向。如果说我们刚才还是有目标的，现在目标却消失了。"下面我们要找什么？镜子，还是湖泊？还是别的什么？"

安娜说，她真的像生活在一面镜子的里面，"没有一样像是真的。也没有谁的话可以相信。"

露水的镜子消失了，它没有破碎，至少我们没有看到它的破碎；

我们，却进入了更大的镜子里面……

夏尔的诗句只朗读了一句。他突然发现了地上的蘑菇："看！你们快来！这地上的蘑菇！它们竟只有一半儿！"

是的，地上有一大片只有一半儿的蘑菇，仿佛被刀劈过似的，而另一半却不知去向。"黑森林里有一个半身人！他大约是坏的那一半儿！蘑菇是被他劈碎的！这些蘑菇可能指引方向！"

我们蹲下来，一起仔细地看着那些蘑菇。"真危险，"安娜摸了摸自己的脸，"要是我们变成蘑菇的时候遇上这个半身人那可就惨了。多亏我们躲过了那样的劫难。"想了一下，她拉了拉夏尔的手，"我们，我们还是不去了吧，要是遇到那个半身人怎么办？"

"这个时候，他应当早就走远了。"夏尔说。

我装作去看那些一半儿的蘑菇，我和安娜站在了一起。我想如果那把半身人的剑真的劈下来，我就会用我的身体先为她阻挡一下。我设想，半身人的剑落下来，我们的一半儿身体将被留在这里，而另一半儿则会混在一起，血液和血液连成共同的一片。这样的设想对我来说是一种幸福，我被这种设想的幸福感涨红了脸——可是，安娜却一点儿也没有察觉。

　　……我们寻找着前面被劈成一半儿的蘑菇，后来，我们还是跟丢了，它在一个拐角处失去了踪迹。这时我们看到了几枚被劈成一半儿的梨，到另一个拐角处它们又消失了。这时，我们又遇到了那两只不停争吵的松鼠，现在，它们已经全部变成了石头。

　　"你们，你们是，松鼠？"安娜不敢相信，"我们是不是又转回来了呢？"

　　"是的，你们不是去找湖泊了么？"

　　"我不认识你们。我们一直在这儿。他肯定又在说谎。"

　　"哼，他们比你清楚谁在说谎。"

　　"真不知道你在说谎中得到了什么。"

　　"只有你才想在说谎中得到什么！"

"你们，"安娜堵住自己的耳朵，"再吵，你们就会永远是石头，再也甭想离开这个地方！"

安娜的话起到了作用。两块石头的声音小了下去，"你总是撒谎。"它们不再说话。它们安静得像两块真正的石头。——这样多好，安娜孩子一样地笑了。她的笑容像一块水晶。

"无论它们说没说谎，或者是谁在说谎，我们都不要理它们了。"我说，"我们还是去找湖泊吧，找到它也许问题就会得到解决。"

"也只有这个办法了。"安娜叹了叹气，"它们实在无法让我相信。"

我们转过了身去。就在我们踩着落叶、树枝和吱吱叫的泥土向前方走去的时候，那两块石头又在说话：

"明天你们还会回到这儿。后天和大后天还得回来。"

"在镜子里面，不迷路才怪呢。你们无法控制自己的脚和眼睛。"

"你们中间，有人想要湖水里面的珍珠。相信我，我从不说谎。"

我的心重重地颤了一下，我没有回头。我低下身子，拔起了一片吱吱叫着的艾草，我想用它来掩盖那个被石头说破的秘密。

燕子的恐高症

在某一夜醒来，我们发现自己变成了燕子。这是在黑暗中发生的，在我们没有发觉的时候发生的，我们一觉醒来，发现自己长出了黑色的羽毛和剪刀状的尾巴。

"我们是怎么变成燕子的？"安娜向我们表达了她的惊讶，不过，这次她远没有变成蘑菇那次的那种紧张。"我是一只燕子么？那么我就会飞了？"在得到我们的确认之后，安娜扇动了她的翅膀——她未能掌握好平衡，这是需要不断训练的事，而她又太急躁了——她摇摇欲坠地朝一棵很小的榆树撞去。那棵榆树显然对她歪歪斜斜的撞击缺少防备，它没有躲开。

"如果你再来撞我，我就，我就将虫子丢在你的身上。是很臭的毛毛虫！"那棵小小的榆树竟然生气了，它那么小气，"从来没有哪一只燕子敢这样对我，从来没有！"

安娜哼了一声。"本来我想向你道歉的，可是，哼，"安娜向前冲了一下，"如果你不闭上你的臭嘴，我们就一起撞你，撞光你的叶片！"

"你敢！"那棵榆树的声音更加尖细起来，"我不会怕你的，我的爸爸妈妈和我哥哥都不会怕你的！"

安娜又朝着小榆树的旁边迈了一步。以她的脾气，她肯定想和这棵榆树好好地吵上一架——这时，一块石头向她和我们发出了警告，它说，小心——

是一只山猫。它从草丛中窜了出来。它冲着我们露出了尖利的牙齿——我，安娜，赫斯，我们在慌乱中摇摇晃晃地飞了起来，尽管我们的飞翔并不熟练并且姿势笨拙，可出于逃跑的本能，我们还是飞了起来。我们用尽了全部的力气飞到一棵棵树上，大口大口地喘着气。

对我们来说，危险暂时地过去了。这时，我们注意到夏尔。他没有飞上树枝。他竟然还在地上。

他就像一只羽毛没有长全的雏鸟，一边尖叫着一边在草丛里逃窜。那可是山猫的地盘。此时的夏尔是一只燕子，他在草地上的奔跑可跑不过山猫。好在，那只山猫并不急，它的追赶不慌不忙，有几次，它的爪子已经够到夏尔后背上的羽毛，然而它没有用力，只是轻轻地抓了一下就松开了。

"快来救我！救命啊！"夏尔的呼喊早已不成样子，很难听出是从他的喉咙里发出来的，更不成样子的是他像鸭子一样奔跑，他根本不像是一只燕子。

"飞啊，"我们喊。

"飞啊，"我们喊，"快飞啊，你是燕子啊！"

"快点飞啊，用你的翅膀！"我们大声地喊。

他，夏尔，那只燕子，他终于飞起来了。摇摇欲坠的夏尔，慌不择路的夏尔，他飞到了那棵小榆树的头上。"你给我下去！"小榆树尖叫着，"你把我的叶子都弄碎了！我要在你的身上放上许多的臭虫子！"夏尔没有说话。脸色苍白的夏尔闭着眼睛，任凭那棵榆树不停地摇晃，他只是紧紧地抓住，抓住。

山猫朝我们看了几眼。它甚至朝夏尔笑了笑，模仿了一下夏尔的飞翔，然后慢慢地转过身子，在草丛中消失不见了。

"它已经走了。"还是那块石头。它伸出一团火焰来。

"它朝南，或者是朝北走了。反正，它的确是走了。"一只饶舌的蝴蝶也飞了过来。"我最看不惯山猫的样子啦。哈，我也看不惯你们这些燕子。不过总体上好一些。你们是新来的吧？我以前可没有看到过你们。"

我们伸长了脖子，朝着草丛的远处看了又看。"刚才真是危险。"安娜轻轻地按住自己的心跳，"要是被它抓住，那可就惨了。"

"就是，就是。"我们一起回忆起刚才心有余悸的一幕，那一幕既紧张又漫长。回忆之后，我们又开始注意到夏尔。夏尔紧紧地趴在那棵小榆树上，他的紧张依然没有过去甚至更加明显。

"没事了，山猫已经走了。"赫斯说。

"是的，危险已经过去了。"我说。我说夏尔你睁开眼吧，危险已经过去了。我一边说着一边飞了起来，这一次，我显得熟练多了。我先是飞到了赫斯所在的那棵树上，然后落在了安娜的身边。

"你们快把它弄开！"那棵让人讨厌的小榆树又高声叫了起来，"它把我的头发弄乱了！"

我们在夏尔的身边飞旋。我们落在他落脚的那棵小榆树上，我们一遍遍地告诉夏尔，危险早就走了，它已经不在你身边了，没有什么可以再害怕的了。

可是他的身体还在颤抖："我我我不能不不害怕。我我我有恐高高症。我不不不知道怎怎么才能下下下下来。"

这是我们成为燕子之后发生的，第一日的事。我们还有许多的时日来过燕子的生活，这样的日子不知会有多长。在黑森林里，我们必须得学着随波逐流，是燕子的时候我们就得做燕子应当做的事。

于是，我们就像一只只真正的燕子那样，从早晨到傍晚，从一棵树到另一棵树，从一座山峰到另一座山峰，我们在飞翔。这个"我们"中间不包括夏尔，他被恐高症黏住了翅膀，他时常脱离"我们"变成一个个体，我们飞翔的时候他就消失了，一座森林总有地方藏身，一只燕子藏在森林中，就像一滴水藏在河流中一样让人无法发现。

晚上，我们回到起点，这时夏尔就出现了。我们七嘴八舌地向夏尔叙述一天的见闻，运用着感叹和夸张。我们说，高处只有略略的寒冷，可在云朵中穿行实在是一件惬意的事。所有的山峰和树都小了下去，而一些在燕子看来属于庞然大物的许多东西都像一只只虫子一样，而且透明。高处的阳光和低处的阳光有着巨大的不同，几乎是一种"质变"，高处的阳光晒在身上像一层沙子的覆盖，像一层水的覆盖，有时还像棉被的覆盖，反正那种感觉非常奇妙，我们能够说出的只有那种奇妙的万分之一。从高处看黑森林，它的确是一枚镜子，左右相反的镜子，它具有镜子的一切质地。同时，它还可能是一个缓缓旋转的魔方，这一点是赫斯指出来的，他发现前一天被他当作坐标的一片沼泽在第二天出现在另一个位置上，而另一个位置上原有的一片红树林则变成了大片的草地。从这点上说，黑森林不具备我们所能理解的方向。

是的，我们曾想借助燕子的翅膀穿越黑森林，然而却是徒劳的，飞翔和飞翔所带来的高度并不构成路径。我们曾用整整一天的时间朝着一个方向用力飞翔，不顾风沙和寒冷，不顾疲劳和疼痛，然而我们飞着飞着，却发现我们又飞了回来，我们回到了我们出发的地方。谁也不知道问题出在了哪儿，我们把它归因为黑森林重重的魔法。

虽然飞翔时的"我们"中间不包括夏尔，可他仍然是我们中的一个，我们不能排除他。这只恐高的燕子，他越来越怪异，越来越不合群。

"不要怕，真的，没有什么可怕的。我们先从一个较低的地方练习，然后慢慢地加高。夏尔，你就放心吧，我们不会抛弃你的，无论你会不会飞翔。"安娜说。

"夏尔，我记得你的诗句，有关飞翔的诗句！在树木和阳光的空隙里穿行/能飞多高就飞多高……是这句吧？我没有记错吧？"赫斯说。他说，"你一直都在想飞，夏尔，这我知道！现在有了机会了，你不会那么懦弱吧？"

"你的这个样子太让我们失望了，夏尔。"我说。我说着，硬生生地将他拉到一块石头上，然后将他推了下去："用你的翅膀！夏尔！你的翅膀不是摆设！"

可我们的所做根本无济于事。夏尔并不理会我们的努力，他越来越孤独。他甚至开始躲避我们，即使不是在早晨我们准备飞翔的时候。不去飞翔，他就得忍受饥饿，他无法捕捉一只燕子所需要的虫子，我们只好多捉些虫子给他。可我们丢下虫子，千呼万唤，他就是不出来，等我们飞向高处的时候他才从一个角落里出现，像一只偷偷摸摸的老鼠。后来我们发现，他总是躲在草丛中，和一些蜗牛们一天天地待在一起。

他的身上，有了和蜗牛们待在一起的痕迹，他竟然越来越像一只蜗牛。

终于有一天，当我们再次将夏尔从草丛中捉出来的时候，他突然发怒了，推开了我们。

"我要和你们好好谈谈，你们必须听我说！"夏尔摆出一副谈判的姿态。

他说，他已经想了好多天了，这些天他一直在痛苦中度过，他想说服自己可始终不能。他说，他之所以不再去练习飞翔已不仅仅是恐高症的问题，这只是问题中的一个部分，但不是核心。问题的核心是，他认为自己不是燕子，从来不是也永远不是。他的心里和身上缺少燕子的品质，即使给了他燕子的身体他还依然不是燕子。

他说，开始的时候他并不知道问题出在哪儿，而这些天他和蜗牛们待在一起，他终于明白了，原来他是一只蜗牛，他应当是一只蜗牛，只是魔法阻挡了他的命运。可阻挡只能是阻挡，它不能从根本上改变，所以他还是一只蜗牛。他的心是蜗牛的，他身体里隐藏的许多习性是蜗牛的，要不是来黑森林，他可能永远也发现不了这些。

"不要再和我提那些有关飞翔的诗句。那是一个叫夏尔的人写的，和我无关。对他来说这也许是正常的，可现在在我看来，它非常虚假，非常拙劣。它不是我的！"夏尔说。他缩了一下头，像一只蜗牛那样，想将自己的头缩回到身体里去。

"你不是蜗牛也不是燕子，你是夏尔，诗人夏尔，爱幻想和爱浪漫的夏尔。"安娜哭了起来，她抓住了夏尔的手："我们是一起来黑森林的，我们是一起的，如果我们是燕子就都是燕子，如果是蜗牛我们就都是蜗牛！"

我张了张嘴。我不知道应该说什么，我只是愣愣地看着夏尔。我有一种心碎的感觉，我的心像一个玻璃的容器，它被敲了一下就碎了。我发觉我站在一块很高的石头上。我不敢往下看。我感到一阵突然的晕眩，不知什么时候，恐高症悄悄地进入了我的身体。

李浩主要创作年表

- 一、小说

《如归旅店》（长篇），《十月》2010 年 5 期

《镜子里的父亲》（长篇第一部），《十月》2012 年 5 期

《镜子里的父亲》（长篇第二部），《十月》2013 年 2 期

《父亲的七十二变》（长篇童话），《作家》2016 年 11 期

《那支长枪》（短篇），《人民文学》2000 年 1 期

《闪亮的瓦片》（短篇），《人民文学》2000 年 1 期

《碎玻璃》（短篇），《人民文学》2004 年 2 期

《贮藏机器的房子》（短篇），《人民文学》2002 年 2 期

《等待莫根斯坦恩的遗产》（中篇），《人民文学》2008 年 1 期

《童话书》（短篇 3 篇），《人民文学》2012 年 7 期

《爷爷的债务》（短篇），《人民文学》2011 年 9 期

《一个国王和他的疆土》（短篇），《十月》2011 年 6 期

《记忆的拓片》（短篇三题），《十月》2008 年 6 期

《蹲在鸡舍里的父亲》（短篇），《十月》2002 年 4 期

《三个国王和各自的疆土》，《十月》2002 年 4 期

《乌有信使，和海边书》（短篇），《花城》2012 年 3 期

《飞过上空的天使》（短篇），《花城》2008 年 3 期

《他人的江湖》（短篇），《花城》2004 年 3 期

《夏冈的发明》（中篇），《花城》2010 年 3 期

《生存中的死亡》（短篇），《北京文学》2000 年 9 期

《旧时代》（短篇），《上海文学》2005 年 10 期

《蜜蜂蜜蜂》（短篇），《上海文学》2006 年 12 期

《一个下午的火柴》（短篇），《上海文学》2004 年 2 期

《贮藏在体内的酒》（短篇），《钟山》2007 年 2 期

《英雄的挽歌》（中篇），《钟山》2003 年 1 期

《古典爱情》（短篇），《山花》1998 年 5 期

《父亲简史》（短篇），《山花》2012 年 7 期

《为了，纪念》（中篇），《山花》2010 年 2 期

《失败之书》（中篇），《山花》2006 年 1 期

《A 城捕蝇行动》（短篇），《山花》2009 年 9 期

《夏冈的发明》（短篇），《山花》2005 年 11 期

《灰烬下面的火焰》（短篇），《山花》2008 年 4 期

《拿出你的证明来》（短篇），《山花》2000 年 2 期

《寻找一个消失的人》（短篇），《解放军文艺》2002 年 1 期

《鸽子飞翔》（短篇），《解放军文艺》2001 年 1 期

《贮藏的药瓶》（中篇），《作家》2008 年 4 期

《队长的自行车》（短篇），《中国作家》2012 年 2 期

《邮差》（中篇），《青年文学》2009 年 8 期

《一次计划中的月球旅行》（中篇），《青年文学》2006 年 9 期

《被噩梦追赶的人》（中篇），《大家》2006 年 1 期

《树叶上的阳光》（短篇），《大家》2007 年 6 期

《告密者札记》（中篇），《大家》2008 年 4 期

《说谎者》（中篇），《大家》2008 年 1 期

《李浩新作》（两篇），《大家》2009 年 6 期

《我们的合唱》（短篇），《芙蓉》2008 年 5 期

《将军的部队》（短篇），《朔方》2004 年 10 期

《哥哥的赛跑》（中篇），《小说界》2009 年 3 期

· 二、评论

《变形记，和文学问题》，《名作欣赏》2012 年 12 期

《创造之书，智慧之书》，《小说评论》2011 年 1 期

《有关幽默的 ABC》，《中国图书评论》2009 年 5 期

《河流与土地，现实与追问，想象与飞翔》，《中国作家》2011 年 6 期

《天藏与小说的智慧》，《文艺报》2011 年 9 月 6 日

《一个人的战争》，《文艺报》2011 年 11 月 21 日

《乔叶写作的个人标识》，《文艺报》2012 年 9 月 10 日

《写给无限的少数》，《文艺报》2012 年 3 月 16 日

《站在写作者的角度》，《文艺报》2012 年 2 月 16 日

《天藏与小说的智慧》，《文艺报》2011 年 9 月 6 日

《七根孔雀羽毛：向日常发问》，《文艺报》2011 年 3 月 16 日

《在日常琐细中发现》，《诗林》2009 年 4 期

《歌者部落》，《诗歌报》1994 年 10 期

《徐则臣：心里树起经典的塔》，《文学报》2008 年 2 月 21 日

《经验写作的困局》，《文学报》2008 年 1 月 17 日

……

· 三、诗歌

《小于或等于一》（组诗），《花城》2005 年 4 期

《李浩诗三首》，《钟山》2011 年 4 期

《箫：睡与醒之间》（外一首），《诗刊》1994 年 11 期

《小小的清晨》（外一首），《诗刊》1995 年 10 期

《想想一天思念的开始》,《诗刊》2005 年 5 期

《不是》,《诗刊》1998 年 2 期

《悬浮》(外一首),《诗刊》1999 年 11 期

《那个人》(外一首),《诗刊》1998 年 9 期

《一点点的声音》,《诗刊》1998 年 8 期

《向高处攀升》(组诗),《解放军文艺》2000 年 12 期

《站在高岗上》(组诗),《解放军文艺》1999 年 8 期

《李浩的诗》(组诗),《诗选刊》2006 年 10 期

《李浩诗选》(组诗),《诗选刊》2003 年 10 期

《简单的抒情》(组诗),《诗神》1998 年 12 期

《大海风》(组诗),《诗神》1996 年 11 期

《诗二首》,《诗神》1997 年 12 期

《吟唱》(组诗),《诗神》1995 年 7 期

《诗歌:走在路上》(组诗),《诗神》1997 年 8 期

《乡间》(组诗),《诗歌报》1998 年 4 期

《今夜昙花》(组诗),《诗歌报》1994 年 4 期

《紫色陶罐》,《创世纪》1994 年夏季号

《秋天里飞走的鸟》,《创世纪》1993 年秋季号

《新民谣:谁谁歌》,《星星诗刊》1998 年 8 期

......

·四、作品入选

《无处诉说的生活》（中篇小说），《小说选刊》2004 年 10 期

《告密者札记》（中篇小说），《北京文学·中篇小说月报》2008 年 8～9 期

《被噩梦追赶的人》（中篇小说），《北京文学·中篇小说月报》2009 年 3 期

《说谎者》（中篇小说），《北京文学·中篇小说月报》2008 年 3 期

《邮差》（中篇小说），《北京文学·中篇小说月报》2009 年 9 期

《将军的部队》（短篇小说），《新华文摘》2004 年 24 期，《名作欣赏》2008 年 8 期，《新世纪获奖小说精品大系》

《童话书》（短篇小说），《中华文学选刊》2012 年 9 期

《镜子里的父亲》（短篇小说），《走失的风景——70 后作家小说选》

《等待莫根斯坦恩的遗产》（中篇小说），《世界的罅隙——中国先锋小说选》，《2008 文学中国》

《父亲树》（短篇小说），《八行书——中日青年作家作品

精粹》

《在路上》（短篇小说），《守望先锋——中国先锋小说选》

《碎玻璃》（短篇小说），《2004 年最佳小说选（点评本）》，《回应经典》，《21 世纪中国文学大系·2004 年短篇小说》

《飞过上空的天使》（短篇小说），《2008 中国最佳短篇小说年选》

《失败之书》（中篇小说），《2006 中国小说排行榜》，《2006 中国中篇小说经典》

《鬼魂小记》（短篇小说），《21 世纪主潮文库·全球华语小说大系》

《旧时代》（短篇小说），《2005 中国短篇小说经典》

《那支长枪》（短篇小说），《粉红夜——〈人民文学〉新小说》《〈李敬泽〉一个人的排行榜》

《一只叫芭比的狗》（短篇小说），《2007 中国小说（北大选本）》

《发现小偷》（短篇小说），《21 世纪中国文学大系·2005 年短篇小说》

《英雄的挽歌》（中篇小说），《2003 中国中篇小说经典》

《阅读》（随笔），《新语言读本·高中卷》，《2005 中国

随笔年选》

《一只蚂蚁和它被改变的命运》（散文），《2004 文学中国》

《爷爷的"债务"》（短篇小说），《2011 中国短篇小说精选》

《今夜昙花》（诗歌），《2006 年中国诗歌精选》

·五、出版

《谁生来是刺客》（小说集），21 世纪文学之星丛书，作家出版社 2003．1

《侧面的镜子》（小说集），花山文艺出版社 2009．1

《蓝试纸》（小说集），台湾秀威出版社 2009．9

《如归旅店》（长篇小说），金城出版社 2010．10

安徽文艺出版社 2017．4

《父亲的七十二变》（儿童文学），安徽少儿出版社，2017．6

《阅读颂　虚构颂》（评论集），花山文艺出版社 2013．9

《父亲，镜子和树》（小说集），新星出版社 2013．3

《告密者札记》（中篇小说集），中篇小说金库，花城出版社 2013．5

《镜子里的父亲》（长篇小说），北京十月文艺出版社
2013．11

《变形魔术师》（小说集），安徽文艺出版社2015．9

《果壳里的国王》（诗集），花山文艺出版社2015．8

《封在石头里的梦》（小说集），北京十月文艺出版社
2018．1

《在我头顶的星辰》（评论集），凤凰文艺出版社
2018．1

《灰烬下的火焰》（小说集），花山文艺出版社2017．8

《乌有信使与海边书》（小说集），敦煌文艺出版社
2016．1

《将军的部队》（小说集），上海文艺出版社2013．8

《消失在镜子后面的妻子》（小说集），花城出版社，
2016．5

·六、获奖

短篇小说《那支长枪》，获河北省第九届文艺振兴奖
（2001年）。

短篇小说《旧时代》，获河北省"年度优秀文学作品奖"
（2005年）。

短篇小说《将军的部队》，获第四届鲁迅文学奖（2007 年）。

河北省第十一届文艺振兴奖（2008 年）。

河北省"年度优秀文学作品奖"（2004 年）。

长篇小说《如归旅店》，获第九届《十月》文学奖（2011 年）、河北省"2010 年度优秀文学作品奖"（2010 年）。

短篇小说《爷爷的"债务"》，获第九届《人民文学》奖（2011 年）、第三届蒲松龄全国短篇小说奖（2012 年）、河北省"年度优秀文学作品奖"。（2011 年）

中篇小说《牛朗的织女》，获第七届《滇池》文学奖。（2010 年）

短篇小说《那天晚上的电影》获第一届"都市文学双年奖"（2012 年）。

长篇小说《镜子里的父亲》，获河北省首届孙犁文学奖（2015 年）。

短篇小说《消失在镜子后面的妻子》，获第三届《作家》"金短篇小说奖"（2016 年）、第十一届庄重文文学奖（2009 年）。